四人行

제자(題字) : 추사 글씨

집자(集字) : 이종훈(서예가)

四人行

윤금초

박시교

이우걸

유재영

차례

윤금초

바다 인문학 / 15

천일염 / 16

땅끝 / 17

잠행潛行 / 19

서시의 젖빛 / 23

안부 / 25

내재율 5 / 27

큰기러기 필법筆法 / 30

봄, 뒷담화 / 32

해토머리 까치녀 / 33

중원, 시간 여행 / 34

주몽의 하늘 / 35

할미새야, 할미새야 / 37

질라래비훨훨 / 38

사물놀이 / 39

아침 식탁 / 41

해남 나들이 / 42

이어도 사나, 이어도 사나 / 44

뜬금없는 소리 / 47

개펄 밭 / 49

인터넷 유머 1 / 51

쓰르라미의 시 2 / 52

냉이꽃 신명 / 54

4·16 에피그램 / 55

디오게네스 & 소라게 / 56

뜬금없는 소리 38 / 58

만재도의 봄 / 59

피아골 끝물 동백 / 61

검은등뻐꾸기 세상 끝을 우리네 / 63

어떤 벽서壁書 / 64

박시고

그 사이 / 69

무게고考 / 70

가난한 오만傲慢 / 71

꽃 또는 절벽 / 72

지상에서 가장 아름다운 이름 / 73

섬 / 74

길 위에서 / 75

독법讀法 / 76

독작獨酌 / 77

우리 모두가 죄인이다 1 / 78

나의 아나키스트여 / 79

힘 / 80

부석사浮石寺 가는 길에 / 81

협객俠客을 기다리며 / 82

수유리水踰里에 살면서 / 84

미시령의 말 / 85

빈손을 위하여 / 86

사랑을 위하여 / 87

이별 노래 / 88

눈 오시는 밤에 / 90

더불어 꽃 / 92

그리운 사람 1 / 93

그리운 사람 3 / 94

맛 / 96

겨울 광릉에서 / 97

바람집 5 / 98

청명한 미래 / 99

다시, 봄날은 간다 / 100

낙화 1 / 101

근황近況 / 102

이우걸

팽이 / 105

소금 / 106

사무실 / 107

단풍물 / 108

어머니 / 109

안경 / 110

다리미 / 111

비 / 112

어쩌면 이것들은 / 113

주민등록증 / 114

옷 / 115

모란 / 116

넥타이 / 117

밥 / 118

비누 / 119

저녁 이미지 / 120

진해역 / 121

이름 / 122

링 / 123

이명 3 / 124

새벽 / 125

거울 3 / 126

늪 / 127

책의 죽음 / 128

여인숙 2 / 129

가계부 / 130

모자 / 132

자화상 / 133

카페라테 / 134

길 / 135

유재영

물총새에 관한 기억 / 143

익명의 등불 / 144

햇살들이 놀러 와서 / 145

그해 가을 월정리 / 146

다시 월정리에서 / 147

햇빛 시간 / 148

다 못 쓴 시 / 149

겨울 당초문 / 151

운문사 가는 길 / 152

가을에 / 153

지도엔 없는 나라 / 155

혼자 온 가을 / 156

가을 손님 / 157

오동꽃 / 158

가을 이순耳順 / 160

홍시를 두고 / 161

계룡산 귀얄무늬분청사기 / 162

모과 / 164

아버지 시학詩學 / 165

오래된 가을 / 166

11월 / 167

윤동주 / 168

별을 보며 / 169

쓸쓸한 화답 / 170

가을 은유 / 171

하늘빛 생각 · Ⅰ / 172

하늘빛 생각 · Ⅱ / 173

성묘 / 174

옷 벗고 마중 나온 / 175

저 봄밤! / 176

평론

四人 四色의 문학적 성과와 시조의 미래 _ 이정환 / 177

윤금초

전남 해남 출생
1966년 공보부 신인예술상,
1968년 동아일보 신춘문예 당선
시집 『이어도 사나, 이어도 사나』, 『무슨 말 꿍쳐두었니?』,
『큰기러기 필법』, 『바다인문학』
사설시조집 『주몽의 하늘』
장편 서사 시조집 『만적, 일어서다』
시조창작 실기론 『현대시조 쓰기』 등.
중앙시조대상, 고산문학대상, 한국시조대상 등 수상

따로 떼어내면 별 의미 없는 이미지들이지만
제 짝을 찾아
서로 어울리지 않을 것 같은 재료들이 어우러져
기막힌 '감동'을 연출하는 그런 시조를 꿈꾼다.
오래된 것과 새로운 것이 뒤섞여
어쿠스틱acoustic한 음색과 일렉트로닉electronic한 음색,
발랄한 감성과 비판적 시각이 한데 뒤섞여
서로 하모니를 이루는 시조를 희망한다.
그리하여
파란破卵·역사易思·창출創出의 시조를 모색하고자 하는 것이다.

바다 인문학

　　모래톱 베고 재주넘는 파도의 하얀 포말. '엎치락' 하면 잇따라 '뒤치락' 몸을 틀고, 때때로 수미상관首尾相關의 손바닥소설 쓰고 있나?

천일염

가 이를까, 이를까 몰라
살도 뼈도 다 삭은 후엔

우리 손깍지 끼었던 그 바닷가
물안개 저리 피어오르는데,

어느 날
절명시 쓰듯
천일염이 될까 몰라.

땅끝

반도 끄트머리
땅끝이라 외진 골짝
뗏목처럼 떠다니는
전설의 돌섬에는
한 십년 내리 가물면
불새가 날아온단다.

상아질象牙質 큰 부리에
선지 빛 깃털 물고
햇살 무등 타고
미역 바람 길들여 오는,
잉걸불
발겨서 먹는
그 불새는 여자였다.

달무리
해조음

자갈자갈 속삭이다
십년 가뭄 목마름의 피막 가르는 소리,
삼천년에 한 번 피는
우담화 꽃 이울 듯
여자의 속 깊은 궁문宮門
날개 타는 소릴 냈다.

몇날 며칠 앓던 바다
파도의 가리마 새로
죽은 도시 그물을 든
낯선 사내 이두박근…
기나긴 적요를 끌고
훠이, 훠이, 날아간 새여.

잠행潛行

　－나는 지금 죽으러 간다. 허나, 나의 이름은 영원히 살 것이다. －전봉준

　희희호호熙熙皥皥 눈 세상 딛고, 발세 험한 산길 탄다.
　칼날 세운 가수알바람, 성긴 눈발 앞세워 올 쯤
　칙칙한 어둠의 신이 느릿한 몸 외로 튼다.

　검은 나뭇가지 끝에 올라탄 뭇별들이 이 가지 저 가장이로 드난살이 가는 건가? 구만리 머나먼 잠행 길, 도포자락 추스른다.

　천근만근 무거운 몸
　동학 접주 전봉준이
　팍팍한 그날의 역설逆說
　찬 눈발 뒤집어쓰고

한 떨기
가랑잎 굴기
불 지피고, 또 지핀다.

새까만 어둠의 너울 땅거미가 어깨 걸고
민보군에게 덜미 잡혀 끌려가는 가시밭길
뭐 같은 세상 굽어보다 진저리, 토악질하다….

노란 눈, 붉은 눈 부릅뜬 채 별 떨기 수런댄다.
왈짜패, 여리꾼, 좀도둑, 초라니패, 야바위꾼, 장돌
뱅이, 남사당패, 산적 떼, 도붓장수 얼씬대지만 기실
은 불한당들, 사기꾼들, 주인집 색시 보듬으려다 들통
이 나 도망쳐 나온 종놈, 중도 속도 아닌 땡땡이들 뿐
몇 차례 딱딱 소리 나도록 윗니, 아랫니 악다문다.

북소리 둥둥 울리면 온 산 뒤덮는 흰옷 물결
더럽게 썩어빠진 개뼈다귀 풍진 세상을 깨끗한 새

터앝으로 바꿔놓자고 일어선 동학군. 피 끓는 결기 한껏 떨치면서, 떨치면서 백산으로 올라가 진을 친 일 떠올린다. 손에 손에 죽창을 든 수천의 민초들이 민둥산 백산을 가득 메웠지. 동학군 일제히 앉으면 죽창이 온 산을 덮어버리고, 동학군 일제히 서면 흰옷이 온 산을 덮은 일 떠올린다. 죽창들은 숲을 이루고, 흰옷들은 녹두꽃으로 피고

　두리둥, 두리 둥둥둥 지령음地靈音이 울려왔지.

　빼빼마른 억새풀들 와와, 와와 일떠선다.
　억새 숲 저편에서 관군 깃발 소리 지른다.
　물안개, 자욱 아득한 비산비야非山非野 들머리에.

　어둠 자락 조마조마 수런대고, 수런댄다. 희나리… 그래 나는 아직 덜 마른 생장작 희나리다. 마지막 조선 사람, 농민군 대장 전봉준이다.

허허 둥둥 가마 타고 실려 간다, 끌려간다.
포승줄에 결박당한 채 재갈 물려 끌려간다.
때 절은 바지저고리, 그 알상투 바람으로.

파김치 망가진 몸, 짚북데기 몸맨두리
살아야 한다, 살아야 한다. 한양 사람들이 내 목에
서 흘러내리는 선지피 보아야 한다. 종로 네 거리 한
복판에서 목이 잘려 장대 꼭대기 내걸릴 때까지 살아
야 한다, 살아야 한다. 끓는 피 허우적허우적 발버둥
쳐야 한다.
밤도와 잠행을 할 때 눈발 저리 들렌다.

*한승원 소설 「겨울 잠, 봄꿈」 참고.

서시의 젖빛

복사꽃
건듯 이울고
물살 가른다,
황복거사.

죽음과도 바꿀 만한, 죽을 작정 하지 않곤 입맛 다
시지 못할 검복 가시복 흰점복…. 입안에서 사르르
녹는, 유별난 식감 주는 복어회는 후르르 혀가 절로
말리고 만다. 밀복 졸복 참복 황복 한 마리 독毒 빼는
데 서 말 석 되 물을 쏟는다. 골부림 지나친 녀석, 원
래 성질 잘 내는 탓에 진어嗔魚라거나, 슬슬 긁어 화
돋우면 배가 부풀기 땜에 기포어氣泡魚라고 그런다.
하면, 하면…. 수컷 뱃속 흰빛 애는 서시의 젖빛이라,
중국 월나라 미인 서시의 젖빛이라, 뽀얀 뜨물 젖빛
이라 서시유西施乳라 했다던가?

떡니 턱 드러낸 황복거사

소동파蘇東坡도 군침 흘렸대.

안부
—어느 싸움터인가, 내 아우여

금 낚시 드리우는 초승달 앞녘 강에
깎인 돌의 초연 냄새 피로 씻지 못한 자리
어머님 품안을 떠난 죄 구렁의 어린 양.

역한 바람 풀어 헤쳐 철새 등에 띄운 안부
못다 푼 긴긴 설화 실꾸리로 감기는데
저 하늘 닫힌 문 밖에 벽을 노려 섰는가.

누다비아 산허린가 빗발치는 가시덤불
세계의 귀가 얽힌 불행의 수렁 길에
거미줄, 거미줄 사이 겨냥하는 눈망울….

선불 맞은 짐승처럼 파닥이는 나비 죽지
한 떨기 목숨 가누어 내젓는 기구祈求의 손,
그 무슨 깃발을 안고 너는 끝내 포복하나.

뒤틀린 사랑 타며 포효하는 나의 사병士兵.

동남아 밤을 밝혀 무지개 지르는 날
떨리는 그 입술 모아 더운 김을 나누자.

내재율 5
― 전원田園 연가

쑥 구렁 칡뿌리나
송기를 발기던 날

애정처럼 떠오른 달
은물결을 출렁이듯

내 영혼 교교한 골에
깃 사리는 학 한 마리.

산허리 물 허리에
신록의 치맛자락

풀 수풀 요람 아래
흔들의자 삐걱일 때

금슬은 색실로 내려
새둥지나 틀던가.

온 세상 물매 재어
덧문 한 장 곁들인 뒤

손때 어린 문설주의
부적마다 별이 뜨면

이승을 다 헤고도 남을
거문고의 여운이여.

불 지펴, 빈 심령의
묵정밭에 향불 지펴,

우리 삶의 쟁기질의
보습 닳는 한 세월을

나 훨훨 꽃노을 속에
저 하늘을 누벼 갈까.

머리카락, 센 카락의
갈꽃처럼 해로한 뒤

거미줄 한을 풀어
묘비명을 휘감아도

천년 그 기찬 사랑을
아, 흙발인 채 외오 서리.

큰기러기 필법筆法

발묵 스릇 번져나는 해질 무렵 평사낙안

시계 밖을 가로지른 큰기러기 어린진이

빈 강에 제 몸피만큼 갈필 긋고 날아간다.

허공은 아무래도 쥐수염 붓 관념산수다.

색 바랜 햇무리는 선염법渲染法을 기다리고

어머나! 뉘 오목가슴 마냥 젖네, 농담濃淡으로.

곡필 아닌 직필로나 허허벌판 헤매 돌다

홀연 머문 자리에도 깃털 뽑아 먹물 적시고*

서늘한 붓끝 세운다, 죽지 펼친 저 골법骨法.

*큰기러기는 공중을 날 때 사람인人자 모양 어린진을
친다. 대오 가운데 맨 우두머리가 항상 앞장서서 리더
역할을 한다. 큰기러기는 잠시 머물다 간 자리에도 깃
털을 뽑아 떨어뜨려 두는 습성이 있다. 이른바 '유묵
遺墨'처럼 제 다녀간 흔적을 남겨 두는 것이다.

봄, 뒷담화

봄도 봄답지 않은 봄날
때 아닌 꽃멀미 난다.

우르르 우르르 왔다 우르르 떠나는 그 봄.

잉 잉 잉
꿀벌군단이
사가독서賜暇讀書 차린갑다.

해토머리 까치녀

생살 찢는 해토머리, 부푼 땅이 일떠선다.

맨발 벗은 명지바람 산울림 길들여 오고

찬 하늘 천둥소리에 잔설 털고 잠 깨는 산.

성마른 까치녀가 연두 분필 물고 와서 잠든 숲 뒤
흔들고 풀물 칠할 낌새로다.

살포시
해토머리에
빗장 푸는
아침 내전內殿.

중원, 시간 여행

몸 낮출수록 우람하게 다가서는 저 산빛

떡갈나무 숲 흔들고 오는 문자왕 그의 호령 중원 고구려비 돌기둥 휘감아 도는데 들리는가, 산울림 우렁우렁 일렁이는 소리

찾찾찾찾자뇌찾자… 기찻소리, 하늘의 소리.

주몽의 하늘

그리움도 한 시름도 발묵潑墨으로 번지는 시간
닷 되들이 동이만한 알을 열고 나온 주몽朱蒙
자다가 소스라친다, 서슬 푸른 살의殺意를 본다.

하늘도 저 바다도 붉게 물든 저녁답

비루먹은 말 한 필, 비늘 돋은 강물 곤두세워 동부
여 치욕의 마을 우발수를 떠난다. 영산강이나 압록강
가 궁벽한 어촌에 핀 버들 꽃 같은 여인, 천제의 아들
인가 웅신산 해모수와 아득한 세월만큼 깊고 농밀하
게 사통한, 늙은 어부 하백河伯의 딸 버들 꽃 아씨 유
화여, 유화여. 태백산 앞발치 물살 급한 우발수의, 문
이란 문짝마다 빗장 걸린 희디흰 적소謫所에서 대숲
바람소리 우렁우렁 들리는 밤 발 오그리고 홀로 앉으
면 잃어버린 족문 같은 별이 뜨는 곳, 어머니 유화가
갇힌 모략의 땅 우발수를 탈출한다.

말갈기 가쁜 숨 돌려 멀리 남으로 내달린다.

아, 아, 앞을 가로막는 저 검푸른 강물.

금개구리 얼굴의 금와왕 무리들 와 와 와 뒤쫓아 오고 막다른 벼랑에 선 천리 준총 발 구르는데, 말채찍 활등으로 검푸른 물을 치자 꿈인가 생시인가, 수천 년 적막을 가른 마른 천둥소리, 천둥소리…. 문득 물결 위로 떠오른 무수한 물고기, 자라들, 손에 손을 깍지 끼고 어별다리 놓는다. 소용돌이 물굽이의 엄수를 건듯 건너 졸본천 비류수 언저리 오녀산성에 초막 짓고 도읍하고, 청룡 백호 주작 현무 사신도四神圖 포치布置하는, 광활한 북만北滿 대륙에 펼치는가 고구려의 새벽을….

둥 둥 둥 그 큰북소리 물안개 속에 풀어놓고.

할미새야, 할미새야

흙으로, 흙의 무게로 똬리 틀고 앉은 시간
고향 풀숲에서 반짝이던 결 고운 윤이슬이여, 어쩌자고 머나 먼 예까지 와 대끼고 부대끼는가. 밤새 벼린 칼끝보다 섬뜩한 그 억새의 세월,
갈바람 굴뚝집 울리는 죽비 소리 남기고.

등이 허전하여 등 뒤에 야트막한 산을 두른다.
빚더미 가장家長처럼 망연자실 누운 앞산, 우부룩이 자란 시름 봄 삭정이 되었는가. 둥지 떠난 할미새야, 비 젖은 날개 접고 등걸잠 자는 할미새야. 앞내 뒷내 둘러봐도 꿉꿉한 어둠 밀려오고 밀려간다. 물길 몰아 몸 기슭 불리는 강물, 귀동냥 다리품 팔아 남루로 오는 저 강물아. 핏줄 돋는 길섶마다 파릇파릇 물리지 않는 밥풀꽃 꽃등 하나, 형형한 눈빛 등 하나 내어 걸고
물안개 거두어 가는 애벌구이해도 덩실 띄운다.

질라래비휠휠

별 떨기 튀밥같이 어지러이 흩어질 때

어둑새벽 등 떠밀고 달려오는 먼 산줄기, 풍경이
풍경을 포개어 굴렁쇠 굴려간다. 자궁 훤히 드러낸
회임의 연못 하나, 제각기 펼친 만큼 내려앉은 햇살
속으로 염소 떼 주인을 몰고 질라래비, 질라래비….
이 땅의 잔가지들 손잡고 살 비비는가. 질라래비휠
휠, 질라래비휠휠, 활개 치는 풀빛 아이들.

봄날도 향기로 와서 생금 가루 흩뿌린다.

사물놀이

북 장구 꽹과리에 징 소리가 어우러진
앞마당 멍석 위에 둥 따닥 굿판 났다.
걸립패 사물놀이에 달도 차서 출렁이는….

그냥 그 무명 적삼, 수더분한 매무새로
폭포수 쏟아놓다 바람 자듯 잦아드는,
신바람 자진모리에 애간장을 다 녹인다.

'들하 노피곰 도드샤
어긔야 머리곰 비춰오시라
어긔야 어강됴리
아으 다롱디리'*

얼마나 오랜 날을 움츠린 목숨인가.
관솔불도 흥에 겨워, 흥에 겨워 글썽이는
'어긔야 어강됴리
아으 다롱디리'

돌아라, 휘돌아라. 숨이 가쁜 종이 고깔.

더러는 눈칫밥에 한뎃잠 설쳤기로, 논틀밭틀 한을 묻고 거리 죽음 뜬쇠**들아. 아픔의 응어리로 북을 때려 시름 푸는, 풍물재비 시나위는 민초民草들 앙알대는 목소리다. 짓밟고 뭉갤수록 피가 절로 솟구치는, 투박한 그 외침은 뚝배기 태깔이다.

앙가슴 풀어헤쳐서 열두 발 상모를 돌려라.

*'둘하 노피곰…'은 「井邑詞」의 한 대목.
**풍물꾼 가운데 그 기능이 가장 뛰어난 명인.

아침 식탁

머나먼 남태평양 바닷바람 묻어 있는
육질 고운 참 다랑어 배 밑 살도 놓인 식탁
우리네 잡식성 야망, 목젖을 자극한다.

성에 낀 저 창 밖은 바람 또한 흉흉하다.
입에 달던 푸성귀도 어느덧 씁쓰름하고
사는 일 젓가락질이 이리도 망설여지나.

산은 산끼리 둘러앉아 호연지기 나누는가.
굴뚝새 내려앉은 영하 깊이 잠든 마을, 일출구日出口
잃은 사직의 아침 더듬으면
아득한 박명의 하늘
성긴 눈발 내린다.

해남 나들이

대흥사 장춘구곡
살얼음도 절로 녹아
마애여래상의 광배光背를 입고 서서
땟국을, 홍진紅塵 땟국을
헹궈내는 아낙들.

그 옛날 유형流刑의 땅 남도 끄트머리.
백련동 외진 골짝 고산孤山 옛집 녹우단의 겨우내
움츠린 목숨, 풀꽃 같은 백성들아. 직신 작신 보리밭
밟듯 돌개바람 휩쓸고 간 동상의 뿌리에도
무담시 발싸심하는 봄기별은 오는가.

개펄 가로지른 비릿한 저 해조음.
뱃머리 서성이는 털북숭이 어린것의
소쿠리 크나큰 공간
산동백이 그득하다.

새물내 물씬 풍기는 파장의 저잣거리.

어물전 세발낙지, 관동 명물 해우도 불티나고

텁텁한 뚝배기 술에 육자배기 신명난다.

이어도 사나, 이어도 사나*

　―긴긴 세월 동안 섬은 늘 거기 있어 왔다. 그러나 섬을 본
사람은 아무도 없었다. 섬을 본 사람은 모두 섬으로 가 버렸
기 때문이었다.
　아무도 다시 섬을 떠나 돌아온 사람은 없었기 때문이었다.
　　　　　　　　　　　　　　―이청준 소설 '이어도'에서―

지느러미 나풀거리는, 기력 풋풋한 아침 바당
고기비늘 황금 알갱이 노역의 등짐 부려놓고
이어도, 이어도 사나. 이어도 사나, 이어 이어….

퉁방울눈 돌하루방 눈빛 저리 삼삼하고
꽃 멀미 질퍽한 그곳, 가멸진 유채꽃 한나절.

바람 불면 바람소리 속에, 바당** 울면 바당 울음
속에
　웅 웅 웅 신음 같은, 한숨 같은 노랫가락 이어도 사
나 이어도 사나

아련히 바닷바람에 실려 오고 실려 가고.

다금바리 오분재기
이어도 사나, 이어도 사나
상한 그물 손질하며
급한 물길 물질하며
산호초 꽃덤불 넘어,
캄캄한 침묵 수렁을 넘어.

자갈밭 그물코 새로 그 옛날 바닷바람 쏴쏴 지나
가네.

천리 남쪽 바당 밖에 꿈처럼 생시처럼 허옇게 솟
은 피안의 섬, 제주 어부 노래로 노래로 굴려온 세월
전설의 섬, 가본 사람 아무도 없이 눈에 밟히는 수수
께끼 섬, 고된 이승 접고 나면 저승 복락 누리는 섬,
한 번 보면 이내 가서 오지 않는, 영영 다시 오지 않
는 섬이어라.

이어도, 이어도 사나. 이어도 사나, 이어 이어….

밀물 들면 수면 아래 뉘엿이 가라앉고
썰물 때면 건듯 솟아 허우대 드러내는
방어 빛 파도 헤치며 두둥실 뜨는 섬이어라.

마른 낙엽 몰고 가는 마파람 쌀쌀한 그해 겨울
　모슬포 바위 벼랑 울타리 없는 서역 천축 머나 먼
길 아기작 걸음 비비닥질 수라의 바당 헤쳐 갈 때 물
이랑 뒤척이며 꿈결에 떠오른 이어도 이어도, 수평선
훌쩍 건너 우화등선 넘어가 버리고
　섬 억새 굽은 산등성이 하얗게 물들였네.

　*이어도 사나 : 제주 민요의 한 구절.
　**바당 : 바다의 제주도 말.

뜬금없는 소리
─똥에 관한 한 연구

매화틀 똥통 타고 진똥 된똥 뒤를 본다.

갓난아기 첫 울음 고사리 손 곰실대는 배내똥, 물기 없는 강똥, 뾰족한 고드름똥, 굵고 긴 똥 덩이를 똥자루라 한다던가. 등쳐먹고 발라먹고 요리조리 능치다가 배탈 나서 고대 쏟는 산똥, 한밤중 느닷없이 비상 거는 밤똥, 의뭉한 사람 시커먼 속내 드러낸 숯검정 삼똥, 속곳도 내리기 전 뿌지직 분출하는 물총똥, 눈치 못 챌 비행궤적 사방으로 똥물 튀는 분수똥, 구릿빛 느물거리는 자본주의 황금똥, 끊임없는 떡가래 감치고 감기고 서리서리 어깨동무 껴안는 퇴적층똥, 인동 당초 물풀 연화 매화 상감 철사 진사 화려한 문양에 화들짝 깨는 공작새똥, 딸기 참외 수박 오디 구렁이 새알 훔쳐 먹듯 으깨먹고 깎아먹고, 어메 지체 높은 나으리가 아그작 아그작 씹어잡순, 온갖 과일 씨앗들 불꽃 놀듯 부유하는 불꽃놀이똥이 뜨는구나. 괄약근 권력 끈에 뇌물 잘금 잘라먹고 바나나 자

르듯, 바나나 자르듯 잘라내는 바나나똥, 초례청 굿
청 지나 말잔치 청문회 마당 이실직고할까 말까 세
치 혀 나불대다 마음 조려 애태울 땐 똥줄 탄다, 똥줄
이 탄다. 똥 묻은 거시기 겨 묻은 거시기 나무라는 똥
바다, 무서워서 더러워서 피해 가는 똥바다, 찌 곱똥
생똥 피똥 물찌똥 활개똥 물렁똥 벼락똥 똬리똥 튀김
똥 빨치산똥 오르가즘똥. 우라질 체면 퉤 퉤 퉤… 온
길섶이 똥바다 똥바다라.

감는목 꺾는목 푸는 판소리똥도 뜨는구나.

개펄 밭

전라도 막막한 골 땅끝 어느 외딴 섬은
날궂이 바람 불고 우 우 우 바다가 울면
함부로 보이지 않는 신기루로 떠오른단다.

세월도 뒷짐 지고 저만큼 물러선 자리
밀물에 부대껴서, 썰물 북새에 떠밀려서
유배지 무지렁이 땅에 뿌리 뽑힌 질경이다.

대명천지 밝은 날은 땡볕 외려 섬뜩해라.
  하늘 밑창 맞물린 저 수평선 이고 서서, 초라니 망
둥이 새끼 3·4조調로 헤갈대는, 진수렁 개펄 밭 헤집
는 따라지 민초民草들은 저마다 방패막이 울짱 같은
연막 친다.
  한평생 자맥질하는 천덕꾸리 달랑게로.

  '혼백상자 등에다 지곡
  가슴 앞에 두렁박 차곡

한 손에 비창을 쥐곡
한 손에 호미를 쥐곡
허위적 허위적 들어간다'*

먼데서, 가까이서 덩치 큰 해일 다가서고
외나무 상앗대로 죄구럭 식솔들 거느리는
소금기 쓰라린 생애, 파도타기 목숨을…·.

숨죽인 후유 소리 노을 속에 숨겨나 놓고
빈 시렁 장대 위에 달도 하나 받쳐나 두고
더러는 두둥실 솟는 신기루로 떠올라라.

*'혼백상자…'는 제주 해녀 노래의 한 대목.

50

인터넷 유머 1
―IMF, 정축 국치

앞산도, 저 바다도 몸져누운 국가부도 위기.

03 대통령 IMF 기사를 읽다가 임프! 임프가 뭐꼬? 묻는다. 경제수석 더듬거리며 국제통화기금이라는 것입니다. 03 대통령, 누고? 누가 국제전화 많이 써 나라 갱제를 이 지경으로 맹글었노? 도대체 이번 사 태까지 오게 된 원인이 뭐꼬? 뭐꼬? 네네네 네, 여러 가지 원인이 있습니다만 종금사 부실 경영이…. 03 대통령 탁자를 내리치며 도대체 종금사가 어데 있는 절이고?

이튿날 대중 대통령, 긴 한숨 내쉬며 언제 디카프 리오(빚 갚으리오).

쓰르라미의 시 2

목 놓아 울음 우는 무저갱 곡비哭婢인가.

공명실 다 죄어서, 허허바다 다 죄어서

새도록 불완전 소절로 목 놓아 울음 우는.

맵고 짠 눈물도 없이 단전 밑이 젖어 오고

도장밥 붉은 놀이, 천지 사방 붉은 놀이

산역의 초가을 날도 목 놓아 울음 우는.

십이지장 죄 녹이는 그 무슨 환장할 일로

목 놓아 울음 우는 곡비 같은 천형을 안고

쓰르람, 적멸 천리에 내가 나를 탄주한다.

냉이꽃 신명

냉이꽃 하얀 봄이 옥상 터앝 퍼질러 앉아

토란잎 부추 따위 신생新生의 아침을 밀고, 해 설
핏 소꿉놀이 신명도 겨운 짬에

까르륵 꽃 봉인封印 뜯네.

소름 돋는 이 전율!

4·16 에피그램

#1

좁쌀처럼 티눈처럼 미생未生 같던 움도 싹도
꽃샘바람 잎샘추위 그만 하면 어지간하지.
숨탄것, 배젊은 것들 죄굴헝에 가슴 쥔다.

#2

개명천지 난데없이 봄을 앗긴 어시* 가슴
무저갱 난바다 속 주검조차 못 거둔 대로
생목숨 물길에 묻고 참척의 발 구른다.

*'어버이'의 방언.

디오게네스* & 소라게

집 한 채 없이 세 든 사유의 빈 소라껍질
등 뒤가 헛헛하여 긴 해안선 둘러나 놓고
우 우 우 바다가 우는 해조음을 되질한다.

귀 막고 쭈그려 앉은 명지바람 다독인다,
물색 짙은 청색 쉼표 보란 듯 터억 찍고
물방울 톡 톡 튕기는 집게발의 눈부신 반란.

상처 더러 모신 눈은 불을 껐다 도로 켠다.
쑥돌 같은 저 파도를 뱉다 말고, 뱉다 말고
물 비린 물고기자리를 물큰하게 더듬는다.

삶의 격절과 단층**은 어디엔들 있나 보다.
행간을 넘나드는 왼갖 수사修辭 내려 두고
이따금 하늘 창 낸다, 널이 아닌 셋집에서.

*디오게네스 : 고대 그리스 철학자. 통을 집으로 삼고
극히 무욕적인 생활을 영위하였음.
**송찬호 시인의 '토란잎' 인용.

뜬금없는 소리 38

푸진 햇볕 푸지다 못해 불꽃인 양 꽂히는 날

　저 산에 들엔 푸르름 가득하다만 문 밖 세상 온통 풍진뿐이다. 요리하는 자 조정에 따로 있으므로 사립문 닫고 들어앉아야겠네.* 어느 후미진 곳에 멈춰멈춰 오목가슴 저릿하도록, 등골 오싹 서늘하도록 그러게…. 끝끝내 두려움으로 진정 그대 마주하는 그날, 거짓부리 눈가림도 아서, 아서 다 걷어내고 다시금 민낯 마주하는 그날

　꼽발**로 넘어다보고 문 틈새로 들여다보고.

*다산 정약용의 글 인용.
**'모둠발'의 전라도 토박이말.

만재도*의 봄

보리 어물 때 홍합도 뽀작뽀작 여물제라.

아홉 무새, 열 무새에 물이 많이 써. 그란 때 사릿발에 파도만 조용하문 홍합을 해. 물땐디 안 나가문 엉덩이가 근질근질하제. 빈창(빗창)으로 홍합 따고 헝서리(망사리)에 담고. 허리 펼 새 없이 쉼 없이 반복하제. 홍합은 물 많이 썬 디 독(돌)에 붙어 있어. 파도를 이김서 붙은 것이라 언능 쉽게 안 떨어져. 힘이 씨어. 힘을 왕창 써야 내 것으로 갖고 와. 파도가 데꼬(데리고) 갈라고 해도 우리는 절대 안 따라가, 안 따라가…. 허리가 휘청하게 물빨이 쎄고 쎄제. 물빨이 쎈 만큼 씨알이 굵고 맛이 야무져. 근께 홍합 하기가 다 사나(사나워). 홍합 벌이는 언능 헌성 불러도 고생이어라. 물살이 달라 들고 형편 없제. 추와서도 못하고, 나이 묵은 사람은 하도 못해. 암만…. 깐딱하문 씻겨 내려가 죽제.

오늘도 길 없는 길 헤쳐 파도 속에 온몸 던져.

*전남 신안군 흑산면에 있는 섬.

피아골 끝물 동백

#1

비루먹은 망아진가, 산은 여직 수척하고

지리산 텅 빈 골짝 붉은피톨 흩는 거기

피아골 바위너설에 뚝 뚝 듣는 핏물이다.

#2

인공人共 때 대창 찔린 외삼촌은 모로 눕고

지지 않는 문신처럼, 불에 더친 화인처럼

벼룻길 벼랑에 물린 아흐 몰라! 끝물 동백.

#3

할미새야, 할미새야, 외할머니 할미새야

앗긴 목숨 어린 양의 꽃잎 쪼는 할미새야.

날궂이 꿉꿉한 날에 상한 부리 거둬나 다오.

검은등뻐꾸기 세상 끝을 우리네
-달마산 미황사

이젠 대팻밥 같은 구름 몇 장 남아있다.
바람은 능숙한 목수, 구름 허리 대패질하고
경쇠도 잠재운 노을이 대웅전을 금칠한다.

돌아가라 돌아가라, 울부짖는 동박새야.
동백 숲 으늑한 길 부도 밭에 접어들면
거북이, 물고기, 게가 서방정토 밀고 가네.

세월 밥 천년 먹으면 땅끝 바다도 귀 여는지.
홀딱 벗고 홀딱 벗고, 빡빡 깎고 빡빡 깎고.
무심한 검은등뻐꾸기 세상 끝을 울리네.

미황사 어스름은 눈이 시린 푸른빛이다.
올려 보나 내려 보나 눈물 묻은 푸른 이내
파도에 발목 적시는 가을은 다시 돌아오고.

어떤 벽서壁書

ㄹ자 두 개 이어 붙인 구불구불 돌집 지하
미로 같은 통로 따라 카타콤*이 드러나고
물고기 뱃속에 든 요나** 거기 숨 쉬고 있다.

어깨에 양을 얹은 순한 목자 벽화 너머
송아지 피지皮紙 위에 형형색색 물감 덧바른 성서
글귀 늘비하고 늘비하다. 이오나의 한 수도원 수도사
들이 필사한 게 '켈스의 책'*** 아니던가. 장식적 서체
로 베껴 쓴 라틴어 복음서는 세밀화 도드라진, 세상
가장 아름다운 책. 놀랠루야, 할렐루야…. 지하 성당
돌집 벽에 닥지닥지 붙어있는 '켈스의 책' 버금가는
울긋불긋 글귀들은 일테면 화사華奢의 총화叢話랄까,
눈을 그만 멀게 한다.
  '쉬는 곳' 이름이 붙은, 잠든 영혼 머리맡에.

시신이 누운 방의 사면 벽을 가득 도배한
너울너울 문장들은 죽은 수녀 어르는 등불

그 어떤 글자는 때때로 벽에 박힌 창끝이다.

어라, 금방 튀어나와 찌를 것 같은 문자들

방은 방이라기보다 굴 같은 무저갱 속. 굴 같고 널 같은 좁은 공간 벽서 앞에서 형제들은 성경 읽고 성경 쓰고 묵상했다. 엘리 엘리 라마 사박다니…. 헤브론 성 형제들은 소리 죽여, 소리 죽여 울부짖고 발 구르고. 이마로 벽을 찧거나 통성기도 절규 끝에 온몸 부려 잠을 내쫓고 더러는 경전 베껴 쓰고 오래오래 묵상했다.

엄혹한 기율 지키고, 초월자 경배하면서.

*초기 기독교 공동체 신자들의 지하 묘지.
**바다에서 폭풍을 만나 큰 물고기 밥이 되었는데, 그 물고기 뱃속에서 3일간 기도 끝에 구원받은 이스라엘 예언자.
***라틴어로 쓴 복음서. 「켈스의 서The Book of Kells」라고도 한다. 서양 캘리그래피의 최고 걸작의 하나로 꼽힌다.

박시교

경북 봉화 출생
1970년 매일신문 당선, 〈현대시학〉 추천
시집 『겨울강』, 『독작(獨酌)』,
『아나키스트에게』, 『13월』, 『동행』외
한국시조대상 등 수상

오래 전에 시가 뭐냐고 내가 내게 물었다
몇 백편의 시를 쓰고
몇 권의 시집을 묶고
아직도 그 답 얻지 못했다
이쯤에서 그만 접자.

그 사이

반세기 넘게 땅에 묻혀 구멍 난 녹슨 철모

그 아픈 상흔傷痕 뚫고 싹틔운 풀꽃 본다

가녀린

꽃의 흔들림

오, 죽창竹槍과

피리 사이

무게고考

온종일 모은 폐지 한 리어카 오천오백 원

몇 십억 아파트 깔고 사는
호사와는 견줄 수 없다지만

경건한 그 삶의 무게 결코 가볍지 않다

가난한 오만傲慢

밥이 되지 않는
돈과도 담을 쌓은

시詩 앞에서
나는 때로
한없이 오만해진다

세상에
부릴 허세가
이것밖에
없어서

꽃 또는 절벽

누구나 바라잖으리
그 삶이 꽃이기를

더러는 눈부시게
활짝 핀 감탄사기를

아, 하고
가슴을 때리는
순간의 절벽이기를

지상에서 가장 아름다운 이름

그리운 이름 하나 가슴에 묻고 산다
지워도 돋는 풀꽃 아련한 향기 같은

그 이름

눈물을 훔치면서 되뇌인다

어―머―니

섬

나는 가끔
사람들 사이에서
섬이 된다

살면서 가슴 베일 일 잦은 상처 많은 섬

파도에
밀려 떠도는
절해고도 섬이 된다

길 위에서

수없이 넘어지고 주저앉던
길 위에서

저기까지 가 보자
거기가 끝일 거야

그곳이
시작이라는 것을
다 가서야 알았네

독법讀法

산이라 써놓고 높다 라고 읽는다

하늘이라 써놓고 드높다 라고 읽는다

한 사람

그 이름 써놓고 되뇌는 말

—그립다

독작 獨酌

상처 없는 영혼이 세상 어디 있으랴

사람이 그리운 날
아, 미치게 그리운 날

네 생각
더 짙어지라고
혼자서 술 마신다

우리 모두가 죄인이다 1

컵라면 한 개를
먹는 데 걸리는 시간

그 몇 분이 모자라서
배곯고 떠난 젊음

어떻게
그 스크린도어에
시詩를 새길 것인가

*2016년 5월 전철 구의역 스크린도어를 점검하던 19세
김군이 사고로 목숨을 잃었다. 그의 가방에는 작업 뒤
에 허기를 달랠 컵라면 한 개가 들어있었다.

나의 아나키스트여

누가 또 먼 길 떠날 채비 하는가보다

들녘에 옷깃 여밀 바람솔기 풀어놓고

연습이 필요했던 삶도 모두 놓아 버리고

내 수의壽衣엔 기필코 주머니를 달 것이다

빈손이 허전하면 거기 깊이 찔러 넣고

조금은 거드름피우며 느릿느릿 가리라

일회용 아닌 여정이 가당키나 하든가

천지에 꽃 피고 지는 것도 순간의 탄식

내 사랑 아나키스트여 부디 홀로 가시라

힘

꽃 같은 시절이야 누구나 가진 추억

그러나 내게는 상처도 보석이다

살면서 부대끼고 베인 아픈 흉터 몇 개

밑줄 쳐 새겨둔 듯한 어제의 그 흔적들이

어쩌면 오늘을 사는 힘인지도 모른다

몇 군데 옹이를 박은 소나무의 푸름처럼

부석사浮石寺 가는 길에

이제 더는 잃어버릴 그 무엇도 없는 날

햇살이 길 열어놓은 부석사 오르면서

수없이 되묻던 생각 길섶에 다 내려놓다

대답이 두려워서 꺼내지 못하였던

그래서 가슴속에 응어리로 남아 있던

함부로 보일 수 없던 그 상처도 내려놓다

바라건대, 누군가의 마음을 읽어주듯이

천 근 우람한 돌도 가볍게 괴어놓듯이

일주문 언덕 오르며 그 마음도 내려놓다

협객俠客을 기다리며

이 땅에 늦지 않게
한 협객이 왔으면 싶다

잡초처럼 말들만 무성한 이 강산을

단칼에 쓸어버리고야 말
눈빛 형형한 협객이.

썩은 것은 도려내고
망령들은 쳐내야 한다

지쳐서 쓰러지는 마지막 순간까지

마침내 여명黎明의 강이
흔적 씻는 아침까지.

협객이 올 그날이

오늘이면 참 좋겠다

이제 더는 물러설 곳 없는 여기 벼랑 끝에서

한 목숨
불살라도 좋을
찬란한 그 개벽 위해.

수유리水踰里에 살면서

수유리에 살면서 내 가장 즐거운 날은

밤새 비 내려서 계곡물 넘치는 때

그 소리 종일 들으며 귀를 씻는 일입니다

어떤 때는 귀 혼자서 고향 냇가 다녀도 오고

파도소리 그립다며 동해 나들이도 즐기지만

이날은 두 귀 하나 되어 꼼짝도 않습니다

수유리에 살면서 안빈安貧이란 옛말을

새록새록 곱씹을 때도 바로 이런 날입니다

당신도 들었으면 해요, 귀 씻는 저 물소리

미시령의 말

저 초록이 탈진할 그때쯤 너는 오거라

바람이 서늘하면 옷깃 좀 더 여미고서

마음은 산 아래 두고 허위단심 오거라

아무려면 그리움까지야 물들일 수 있겠냐만

조금씩 들썩이며 산자락마다 펼쳐지는

세월의 그림자 밟고 아주 천천히 오거라

빈손을 위하여

또 한 번 쓰러지기 위해 나는 일어선다
나뭇잎 죄다 떨군 겨울나무의 의지처럼
시작은 언제나 그렇게
힘겹고 쓸쓸했다

등불을 밝히듯이 모든 사유들을 닦지만
남루한 모습은 끝내 지울 수가 없구나
지나온 우수의 길 위로
불 지피는 저녁놀

아름답다, 삶의 처연한 상처까지도 아름답다
곧이어 어둠의 깊은 장막은 내려질 것이고
마침내
그 무대 뒤에서
혼절할 한 사람.

사랑을 위하여

세상일 가만히 살펴서 볼라치면

어디 눈물 아닌 것 하나 있을까만

어쩌다 목련꽃 벙그는 화사함도 보게 마련

울멍울멍 솟구치던 가슴 속 그리움도

목울대 꺼이꺼이 복받치던 울음까지

이제는 하나로 잦아들어 노래가 되던 것을

그 노래에 애증 얹어 강물처럼 흐르던 것을

구비마다 숨죽이던 아픔은 들풀로 돋고

이윽고 그 잎에 맺힌 사랑도 보게 되리

이별 노래

봄에 하는 이별은 보다 현란할 일이다

그대 뒷모습 닮은 지는 꽃잎의 실루엣

사랑은 순간일지라도 그 상처는 깊다

가슴에 피어나는 그리움의 아지랑이

또 얼마의 세월 흘러야 까마득 지워질 것인가

눈물에 번져 보이는 수묵빛 네 그림자

가거라, 그래 가거라 너 떠나보내는 마음

어디 봄산인들 다 알고 푸르겠느냐

저렇듯 울어쌌는 뻐꾸긴들 다 알고 울겠느냐

봄에 하는 이별은 보다 현란할 일이다

하르르 하르르 무너져 내리는 꽃잎처럼

그 무게 견딜 수 없는 고통 참 아름다워라

눈 오시는 밤에

어머니
그곳에도 지금 눈이 오고 있나요

모든 아픔 감싸 덮듯이 겹겹 내려 쌓이는 눈

어머니
오늘 따라 당신 품 간절한 밤입니다

경상북도 봉화군 봉성면 원둔리

아버지 북으로 가고 혼자서 이겨낸 날

밤이면 눈 오시는 그 길 쓸고 또 쓸었지요

올 리 없다는 걸 알면서도 쓸었던 눈길

그 아픔 감싸주듯 밤새 내려 쌓이던 눈

어머니

그곳에서는 제발 눈길 쓸지 마셔요.

더불어 꽃

얼마큼 황홀해야 갇혔다 하겠느냐

이미 나는 네 안에서 봄날 아지랑이처럼 가물가물
피어나는 가쁜 숨결일 뿐인 것을

무엇을 더 바라겠느냐

이만하면 꽃이다

그리운 사람 1

어려운 때일수록 생각나는 사람 있다

독립된 우리나라에서 정부청사 문지기를 원했던 사람 아들에게 나라를 위해서라면 떳떳이 죽으라고 권했던 어머니 외국 출장을 마치고 돌아와 남은 경비를 국고에 되돌린 사람 평생 키워온 회사와 전재산 모두를 사회에 환원한 사람 '다시 천고의 뒤에 백마 타고 올 초인을 기렸던' 시인 기꺼이 자신을 세상에서 가장 못난 바보라고 자칭하면서 '삶은, 달걀'이라고 농했던 사람

살 만한 세상 만들려 한 그 사람들 그립다

그리운 사람 3
−시인 신경림

선생님, 그 먼 길 무사히 잘 가셨는지요?

'별과 달과 해와 모래밖에 볼 일 없는 낙타 타고' 그렇게 가셨는지요. 그러고는 먼저 '동방주택에서 길음시장까지가 이 세상 전부로 여기고 사신' 어머니를 뵈었는지요? '안양시 비산동 499의43 그 지번'에 혼을 묻은 할머니와 아버지, 말없이 노망을 수발들던 사모님까지도 모두들 뵈었는지요. 또한 그곳에 먼저 간 몇 분 선배 동료들도 반갑게 만났을 테지요. 거리의 철학자 민병산 선생, 시와 술동무 황명걸 선생, 일거리 번역원고를 대주었던 강민 선생, 정릉 이웃으로 살았던 건달 할배 채현국 선생, '인사동의 밤안개를 그곳으로 거두어 간' 여운 화백, 또 한 분 각별했던 인연 설악산주 무산霧山 스님 등등,

오십년 머물러 산 정릉에 낮별이 떴다네요.

94

*따옴표 속 시 구절는 〈낙타〉와 〈정릉동 동방주택에서 길음시장까지〉 등에서 인용.

맛

부산 기장 주막에서 막걸리를 마시는데

옆에서 짚불 곰장어를 다듬던 주모가 한 잔을 쭉
들이키자 냉큼 곰장어 한 점을 내 입에 넣어준다

그렇지, 세상 사는 맛이 바로 이런 거구나

겨울 광릉에서

세상일 문 닫아 버린 겨울 광릉에 가서
발목 잡는 눈에 갇혀 한 마리 짐승 되면
마침내 마음의 귀로 듣게 되는 산 우는 소리

내 몸을 내리치는 그것은 칼바람 소리

이 순백純白의 계절에 홀로 남루한 자, 곧은 의지
의 생명들 앞에 더없이 비굴한 자의 상심傷心, 아아
눈 숲에 엎드린 작은 나의 짐승이여

타는 듯 핏빛으로 번지는 내 안의 갈증이여

바람집 5
─故 吳潤의 판화집 〈칼노래〉와 관련하여

곧 보게 될 것이다
인사동이나 동숭동에서

이마에는 깊은 강, 퍼런 시름의 강, 떨리는 손이 잡
은 칼끝에 후벼파인 어둠의 강 새겨넣고, 한 무리 바
지저고리들 신나게 어울렸구나, 하나는 북채 잡고 또
하나는 꽹과리, 네는 날라리를 불어라, 너는 어지럽
도록 상모를 돌려라, 그깟 시름의 강이야 깊으라지,
가슴 속 원怨이야 더더욱 깊으라지

너 없는 수유리 숲에
음각陰刻으로 내리는 비

청명한 미래

그 가을 강원도 산골학교 운동회 날

탕! 달리기 경주 신호가 울리고 저마다 일등을 하려고 힘껏 내달리던 아이들이 어느 순간 누구나 할 것 없이 멈칫멈칫한다. 웬일? 저만치 뒤쳐져서 뒤뚱뒤뚱 힘겹게 달려오는 장애 동무가 가까스로 일행 무리에 다다르자 누가 먼저랄 것 없이 서로 어깨를 겯고 하낫 둘! 하낫 둘! 함께 나란히 결승선에 들어섰다. 이 가슴 저린 광경을 지켜보던 모두들 박수치고 와와! 함성 내지르며 환호와 감탄 연발!

만국기 휘날리는 하늘 눈부시게 참 맑다

*신문에서 이 운동회 기사를 읽었을 때, '극단적인 이기주의 개판 사회'의 우리 현실과 대비되는 신선한 경이로움을 느끼지 않을 수 없었다.

다시, 봄날은 간다

봄날은 누구에게나 아름다운 과거회상형

힘들고 지칠 때면 기대고 싶은 언덕 그 봄날에다
가 추억이라는 흑백사진 한 컷을 슬쩍 끼워 넣으면
이내 아지랑이가 피어오르게 마련, 그뿐인가 그 과거
형에다가 봄날은 간다라고 현재진행형을 덧칠하면
곧바로 컬러 사진이 되는 놀라운 사실, 누구에게나
아름다운 오오 그 봄날이 간다

따뜻한 눈물 배어나는 그 꽃노을 저문다

낙화 1

꽃잎 분분히 지던 지난 봄 그 어느 날

마침내 아이엠에프 실직의 그 긴 대열에 끼이고야
만 나를 애써 위로한다며 불러낸 거래처 공장장 눈물
글썽이며 내 두 손을 꼬옥 잡는 그 정이 너무도 따뜻
했다. '우리 공장도 지난 달로 거덜났어요ㅡㅡㅡ' 나
보다도 그가 실직할 것을 더 걱정하며 거푸거푸 잔을
비운다. 취하라고, 취하자고

답답한 마음 비켜서ㅡㅡ '보옴나알은 가안다'

누가 적막강산을 함부로 노래하는가

저마다 가슴에 묻은 깊이 모를 아픔 있어

꽃은 또 파르르 파르르 저렇듯 지누나

근황 近況

두 냥이[猫] 더불어 하루살이 소소하다

가끔씩 눈에 고이는 싱거운 눈물과 누군가를 그리
워하는 아주 오랜 목마름과 뜻도 없이 습관처럼 저려
오는 가슴과 기다리지 않아도 맞이해야 되는 저녁답
의 헛헛함과 그리고 그 모두

이제는 손 놓아도 좋을 졸음 같은 애련愛憐이여

이우걸

경남 창녕출생
1973년 『현대시학』등단
시조집 『저녁 이미지』, 『사전을 뒤적이며』,
『나를 운반해온 시간의 발자국이여』, 『이명』 외
시조 비평집 『현대시조의 쟁점』, 『우수의 지평』,
『젊은 시조문학 개성 읽기』, 『풍경의 해석』
중앙시조대상, 가람시조문학상, 이호우 시조문학상,
정운시조문학상, 백수시조문학상, 유심시조작품상,
외솔시조문학상, 성파시조문학상 등 수상

(유미적인 전통고수)
(현실주의, 현장주의)
(서정과 현실의 조화)
(휴머니즘, 뉴 휴머니즘)
아 어지러운 방황이여

내 누옥에 잠시 들리신 뮤즈여,
나는 진실로 그대를 사랑했으나
사랑하는 방법에는 너무나 서툴렀음을 고백합니다
반세기의 내 습작을 마음껏 꾸짖어주시고
새로운 개안의 길을 열어주소서

팽이

처라, 가혹한 매여 무지개가 보일 때까지
나는 꼿꼿이 서서 너를 증언하리라
무수한 고통을 건너
피어나는 접시꽃 하나.

소금

불면의 시대를 각으로 떠서 우는
부패한 시대를 모로 막아 우는
짜디짠 너의 이름을 소금이라 부르자.

마침내 굴욕뿐인 이승의 현관 앞에서
네가 걸어와야 했던 유혈의 가시밭길
이고 진 번뇌의 하늘 그 또한 얼마였으리.

이제는 지나간 역사의 창이라지만
어느 누가 염치없이 네 이름을 훔치려 하나
소금은 말하지 않아도 제 분량의 영혼이 있다.

사무실

시계가 눈을 비비며

열두 시를 친다

반쯤 남은 커피잔은 화분 곁에서 졸고 있고

과장은 혀를 차면서 서류를 읽다 만다.

문은 굳게 닫혀 있고

의자들은 말이 없다

창밖엔 클랙슨 소리 목쉰 확성기 소리

자세히 들여다보니

벽에도 금이 가 있다.

단풍물

가을에는 다 말라버린 우리네 가슴들도
생활을 눈감고 부는 바람에 흔들리며
누구나 안 보일만치는 단풍물이 드는 갑더라.

소리로도 정이 드는 산 개울가에 내려
낮달 쉬엄쉬엄 말없이 흘려보내는
우리 맘 젖은 물속엔 단풍물이 드는 갑더라.

빗질한 하늘을 이고 새로 맑은 뜰에 서보면
감처럼 감빛이 되고 사과처럼 사과로 익는
우리 맘 능수버들엔 단풍물이 드는 갑더라.

어머니

아직도 내 사랑의

주거래 은행이다

목마르면 대출받고 정신 들면 갚으려 하고

갚다가

대출받다가

대출받다가

갚다가…

안경

껴도 희미하고 안 껴도 희미하다

초점이 너무 많아

초점 잡기 어려운 세상

차라리 눈감고 보면

더 선명한

얼굴이 있다.

다리미

한 여인이 떠났습니다, 월요일 자정 무렵
아들, 딸은 멀리 있었고 아무도 몰랐습니다
가끔은 들렀다지만
온기라곤 없었습니다.

식은 다리미처럼 차게 굳어 있었습니다
그 다리밀 데우기 위해 퍼져있던 코일들이
전원을 찾아 헤매다
지쳐 눈을 감았습니다.

한때는 뜨거운 다리미로 살았겠지요
웃음도 체온도 나눠주던 얼굴이지만
전원을 잃어버리자
그만 눈을 감았습니다.

비

나는 그대 이름을 새라고 적지 않는다
나는 그대 이름을 별이라고 적지 않는다
깊숙이 닿는 여운을
마침표로 지워 버리며.

새는 날아서 하늘에 닿을 수 있고
무성한 별들은 어둠 속에 빛날 테지만
실로폰 소리를 내는
가을날의 기인 편지.

어쩌면 이것들은

가을 꽃잎 같은 아이들 찬송가 소리

정원은 일어나서 잎새의 작은 귀로

교회당 흰 벽에 쌓이는 노래를 듣고 있다.

섬길 이 없어도 고운 한나절 그 봄날을

하늘엔 마음처럼 둥둥 구름이 가고

햇볕은 가지에 닿아 천사의 얼굴을 한다.

어쩌면 이것들은 어젯밤 꿈이었을까

바람이 무심히 와서 나뭇잎을 흔들 때에도

그 속엔 반도 변경의 칼소리가 숨어있다.

주민등록증

가느다란 가지 끝에 새처럼 앉아 있었다
가지들 흔들릴 때면 옮겨가며 앉아 있었다
옮겨간 그 가지마다 너는 나와 함께 있었다

이제 남은 반백과 희미해진 지문 앞에서
손 흔들 사이도 없이 빠져나간 시간 앞에서
나라고 외치는 너를 물끄러미 바라본다

지상에서 나의 기거를 증명해온 기록이여
숨 가쁘게 달려온 내 삶의 향방이여
수십 번 넘어지면서도 웃고 있는 얼굴이여

옷

1

할머니 한 분이
수의를 다리고 있다
다가올 여행을 위한
설레이는 준비라며,
노을이 마루 끝까지 조심조심 깔리고 있다.

2

애육원 뜰 앞엔 두 소녀가 앉아 있다
연보라 티를 똑같이 입고 있다
언니가 보라는 듯이 싱긋 손을 흔든다.

모란

피면 지리라

지면 잊으리라

눈 감고 길어 올리는 그대 만장 그리움의 강

져서도 잊혀지지 않는

내 영혼의

자줏빛 상처.

넥타이

넥타이를 매고 나면 나는 뱀 같다
교활한 혓바닥과 빈틈없는 격식으로
상대를 넘어뜨리는 이 도시의 터널에서.

나의 너털웃음을 그는 알고 있을까
내 웃음이 꾸며주는 청록빛 넥타이 속엔
지난밤 내가 숨겨 둔 간계奸計가 있다는 걸.

넥타이는 어둠 속에서 비로소 눈을 뜬다
예리한 핀 아래 눌려 있던 욕망들이
일제히 사슬을 벗고 제 얼굴을 드러낸다.

밥

내 하루의 징검돌 같은

밥 한 그릇 여기 있다

내 하루의 노둣돌 같은 밥 한 그릇 여기 있다

내 한의 얼레줄 같은 밥 한 그릇 여기 있다.

네가 주인이라서 섬기며 살아왔다

네가 목숨이라서 가꾸며 살아왔다

그 세월 지난 듯도 한데 왜 아직도 배가 고프니?

비누

이 비누를 마지막 쓰고 김 씨는 오늘 죽었다
헐벗은 노동의 하늘을 보살피던
영혼의 거울과 같은
조그마한 비누 하나

도시는 원인 모를 후두염에 걸려 있고
김 씨가 쫓기며 걷던 자산동 언덕길 위엔
쓰다 둔 그 비누만 한
달이 하나 떠 있다

저녁 이미지

은회색 연기들이 마을을 싸고 있었다
미처 깨닫지 못한 이승의 깊은 비애가
비워 둔 서편 하늘에 노을로 엉켜져 있고

꽃들은 지고 있었다 또 꽃들은 피고 있었다
빈 들에 놀고 있던 하느님의 새들은
진흙과 잔가질 물고
집으로 가고 있었다

가난한 식구를 위해 두 손을 모은 어머니
주기도문 몇 음절이 문틈으로 새어나가는
그 작은 불빛을 향해
아이들은 오고 있었다

진해역

시트콤 소품 같은 역사 지붕 위로
누가 날려 보낸 풍선이 떠 있다
출구엔 꽃다발을 든
생도 몇 서성이고

만나면 왈칵
눈물이 쏟아질 듯한
오랫동안 잊고 살았던 그 순백을 만나기 위해
이 나라 4월이 되면
벚꽃빛 표를 산다.

이름

자주 먼지 털고, 소중히 닦아서
가슴에 달고 있다가 저승 올 때 가져오라고
어머닌 눈 감으시며 그렇게 당부하셨다.

가끔 이름을 보면 어머니를 생각한다
먼지 묻은 이름을 보면 어머니 생각이 난다
새벽에 혼자 일어나 내 이름을 써 보곤 한다

티끌처럼 가벼운 한 생을 상징하는
상처 많은, 때 묻은, 이름의 비애여
천지에 너는 걸려서
거울처럼
나를 비춘다

링

와지마 고이찌를 아는 이는 별로 없다
그를 쓰러뜨렸던 유재두도 마찬가지다
시간은 지난 영웅을 빠르게 지워버린다.

그러나 도처에 사각의 링이 있다
부지런히 팔을 내밀어 자신을 지키거나
의외의 펀치를 맞고 쓰러지는 경우뿐인

오늘 또, 준비 없이 링 위에 올라야 한다
나를 옥죄어 오는 피치 못할 옵션 때문에
생애의 스파링이란
가파르기 검과 같다.

이명 3

들지 않으려고
마개를 할 때가 있다
많이 듣는 게 좋은 것만 아니어서
들어도 못 들은 척하고
돌아서야 할 때가 있다

먼저 듣겠다며
많이 듣겠다며
곳곳에 귀를 대고 얻어 낸 소식을
대단한 전리품인 양
나눠 주던 때가 있었다

설은 밥알 같은, 떫은 풋감 같은
그런 과거사를 귀는 알고 있다
그것이 울음이 되어
스스로를 달으려 한다

새벽

기다리는 사람에게만 새벽은 새벽이 된다
봉두난발 상처뿐인 제 가슴 쥐어뜯으며
유백의 찻잔을 만드는
어느 도공의 기도처럼.

길은 아직 헝클린 채로 안개 속에 묻혀 있는데
오늘이 펼쳐주는 회디흰 여백 위에
새로운 출발을 권하는
아 숨 가쁜 초인종이여.

거울 3

무명의 시간들이 익사해 간 거울 속에는
분홍으로 가려 있는 추억의 창도 있지만
빗질을 하면 할수록
헝클리는 오늘이 있다.

그러나, 아침마다 잠이 든 넋을 위해
누군가 힘껏 쳐 줄 종소릴 기다리며
우리는
거울 앞에서
머리를 빗어야 한다.

비가 오고 서리가 오고 국화꽃이 길을 열고
우리 맞는 계절은 늘 이렇게 조화로운데
거울은
무슨 음모에
또 가슴을 죄는 걸까.

늪

햇볕 들다 만 고요의 수렁이라도
늪에는 범할 수 없는 초록의 혼이 있다
우포는 수십만 평의
그 혼의 영토다.

새가 와서 노래를 하고
풀씨가 꽃을 피우고
깨어져 혼자 떠돌던 종소리도 쉬다 가지만
생명의 여인숙 같은
이곳엔
거절이 없다.

편한 대로 닿아서
스스로 생을 가꾸는
배려와 위안의 따뜻한 나라여
늪에는 범할 수 없는 초록의 혼이 있다.

책의 죽음

나는 이제 이 책들과 헤어질 때가 되었다
사람들은 엉성한 결론을 눈치채었고
행간에 담긴 여백도 그 신비를 잃었으므로.

한때는 비수처럼 번뜩이던 논리들
그 논리가 껴입고 있던 화려한 수사들을
어느 날 통나무 베듯 베어 버린 것이다.

버려야 할 신발짝 같은 책들을 뒤적이면
턱없이 오만한 지성의 거죽을 향해
반성의 창을 던지는 시간의 손이 보인다.

여인숙 2
－김홍숙 전

언니는 미국가고

오빠는 군에 가고

엄마는 장사 가고

아빠는 저승 가고

다 낡은 목조 가옥에서

나는 쉽게 꽃을 팔고.

가계부

1

얼마가 있어도 잔액이란 불안한 현실
가족의 얼굴들이
겹쳐 보이는 숫자
그래서 비상금을 보면
비상구를 떠올린다.

2

오늘 우연히
너와 마주쳤다
이삿짐 속에 싸여 있는
아내의 옷 속에서
숨 가쁜 생의 경영이
밀서처럼
기록된.

3

가시를 세워야 하는
사막의 선인장처럼
너는 이 악물고 우리를 지켜왔구나
척박한 땅이 껴안은
물기 같은 숨결로.

모자

내겐 챙이 드리운 엷은 그늘이 있다
그것이 내가 일용할 사유의 양식이다
태양이 없는 날이면
칙칙한 늪과 같다.

은밀한 일이 있고 몰래 지닐 꿈이 있을 때
방문 닫아걸고 혼자 별을 본 적 있는가
고적孤寂은 그 분화구의 정수리에 있는 모자다.

문을 열면 몰려드는 엉클어진 벽과 길들
그 언덕을 걸어가는 지친 이마 위에
안식의 꿈을 얹는다
너는
별빛처럼.

자화상

먼 곳을 향해 가는 3등 열차였다
누가 타고 내려도 그저 앞을 보면서
정해진 종점을 향해 쉬지 않고 달렸다

사변을 만나고, 기아에 허덕이고, 독재를 만나고,
시위에 휩싸이고
내 생이 스친 역들은
늘 그런 화염이었다

그러다 돌아보니 내가 안 보였다
다른 짐은 그대로인데 나는 어디에 있을까
맞은편 신호등 앞에
한 노인이 서 있었다

카페라테

언니처럼 화이트가 베이지를 껴안으면
따스한 체온으로 간절한 손길로
십일월 오후를 적시는
낮은 음의 발라드

창밖의 풍경은 무료한 구름 조각들
혹은, 풀 더미에 얹혀 있는 낙엽들
그 새를 헤치고 다니는 바람의 손이 보이고

동생처럼 베이지가 화이트를 껴안으면
그 어떤 불화도 없이 순식간에 하나가 되는
십일월 오후를 적시는
낮은 음의 발라드

길

1

풀밭에 누워 하늘을 바라본다
더 큰 이 세상의 일곱 색 꿈을 건너서
저 길이 헤쳐갈 뜰의
내일을 생각해 본다.

2

토담은 토담끼리 이마를 맞대던 곳
떠도는 빈 들 구름 같은 마음에게도
손 잡아 방에 앉히던
옥양목 치마저고리.

네가 가고 싶은 낯선 도시에는
가슴에 못 박혀 남을 그리움이 있느냐
말없이 웃으며 밟을
달그리메가 있느냐.

3

아무도 너의 가슴을 빗줄기라 하지 않았다
아무도 너의 발길을 바람이라 하지 않았다
그러나 네 안 깊이엔
비가 오고 바람이 불었다.

이미 떠나온 몸과 칼날 같은 눈빛과
고향 방에 걸어두고 온 족자의 맹세들이
받아 쥔 차표에 실려
흔들리고 있었다.

4

네가 치는 아코디언의 실핏줄 같은 음율을 따라
네가 딛는 스란치마 철쭉꽃 같은 사랑을 따라
미명의 내일을 향해

또아리를
트는 삶….

대답할 수 없는 문이 되어 서 있었다
얼굴을 보이지 않는 모종의 공포들을
담담히 바라보면서
걸인처럼 서 있었다.

5

유월에 너는 피어서 아카시아 향기가 된다
시월에 너는 시들어 낙엽 지는 언덕이 된다
한밤에 너는 깊어서
달빛 쌓인 호수가 된다.

6

침묵의 눈발들이 희끗희끗 내려앉는 밤

마스트의 외로움과 구겨진 항구를 향해
길들은 포승에 묶여
죄인처럼 몸을 떤다.

알고 있다, 겨울이 가고
이 바다가 아름다운 날
원목을 잘라내는 절단기의 서슬로
칼리브 해안을 향해
달릴 수도 있는 너를.

7

잠든 인가의 대나무숲 가까이로
한 포기의 희망이 눈 뜨는 이른 새벽
길들은 스프링코트의 먼지를 떨어 본다.
지나온 세월보다 더 많은 내일을
오늘 아침 신문이 말한 종양의 원인들을

넌 이제, 건강한 삶의
친구로 맞을 줄 안다.

8

저렇게 많은 지뢰와 꽃밭의 유혹 속으로
시대는 너를 내몰아 역사를 만들리라
또 다른 열매를 위해
감히 너를 던지리라.

유재영

1973년 시 박목월, 시조 이태극 추천으로 등단
시집 『한 방울의 피』, 『지상의 중심이 되어』,
『고욤꽃 떨어지는 소리』, 『와온의 저녁』, 『구름농사』
4인 시집 『산도화그늘 아래』, 『느릅나무 속잎 피어나듯』
시조집 『햇빛시간』, 『절반의 고요』, 『느티나무 비명碑銘』,
『네 사람의 얼굴』, 『네 사람이 노래』
이호우시조문학상, 가람시조문학상, 노산시조문학상,
편운문학상, 신석초문학상, 최계락문학상 등 수상

여기에 묶은 작품들은
시조집 『햇빛시간』과 『절반의 고요』의 부분들이다.
이후의 『느티나무 비명』과 준비 중인
신작 시조집 『달항아리 어머니』의 작품들은 포함되지 않았다.
자유시가 도입되기 전 시조는 한글 시로써 노랫말이었기 때문에
특별히 형식 이탈이랄 게 없었다.
그러나 현대시가 도입되면서 시조는 자유시와 달리 형식을 갖춘
정형시로서 독자성을 갖게 되었다.
요즘 일부 시학 교수들조차 시와 시조를 구분 못하는 상황에서
형식 파괴는 곧 짧은 자유시로의 편입을 의미한다.
새로운 시도가 형식 파괴에까지 이어지지 않아야 한다.
이것이 현대시조에 대한 나의 끝없는 지론이다.

물총새에 관한 기억

작자 미상 옛 그림 다 자란 연잎 위를
기름종개 물고 나는 물총새를 보았다
인사동 좁은 골목이 먹물처럼 푸른 날

일곱 문 반짜리 내 유년이 잠겨 있는
그 여름 흰 똥 묻은 삐딱한 검정 말뚝
물총새 붉은 발목이 단풍처럼 고왔다

텔레비전 화면 속 녹이 슨 갈대밭에
폐수를 배경으로 실루엣만 날아간다
길 없는 길을 떠돌다 되돌아온 물총새

익명의 등불

풀무치 날아간 숲 무슨 일이 일어나나

자음과 모음으로 다 못 쓰는 수사학

우리들 찔레순 사랑 등성이를 넘는다

억새에 베인 바람 우우우 몰려가고

초롱꽃 이운 자리 멀리 가는 향기 있어

그날 밤 잠 못 이루던 익명의 등불 하나

햇살들이 놀러 와서

아가위 열매 익자 가만 휘는 무게여

잎사귀 뒤에 숨은 고 열매 빛깔까지

벌레에 물린 가을이 가랑잎처럼 울었다

보랏빛 여운 두고 과꽃으로 지는 하루

오늘은 한종일 햇살들이 놀러 와서

마른 풀 남은 향기가 별빛처럼 따스했다

그해 가을 월정리

적막한 무게 이고 서서 피는 들꽃이여

투명한 기척으로 낯선 별이 지고 있다

─길 숨긴 잡목림 너머 등불 켜는 작은 집

어느 마을 누군가 이별을 하고 있나

가을새 날갯소리 먹물처럼 번져 가는

대숲은 음력달 한 채 가슴 속에 묻었다

다시 월정리에서

정강이 말간 곤충 은실 짜듯 울고 있는

등 굽은 언덕 아래 추녀 낮은 집이 한 채

나뭇잎 지는 소리가 작은 창을 가리고

갈대꽃 하얀 바람 목이 쉬는 저문 강을

집 나간 소식들이 말없이 건너온다

내 생애 깊은 적막도 모로 눕는 월정리

햇빛 시간

미나리 새순 같은
사월도 상순 무렵

초록빛 따옴표로
새 한 마리 울다 가면

내 누이
말간 눈물엔
나이테가 돌았다

다 못 쓴 시

지상의
벌레 소리
씨앗처럼
여무는
밤

다 못 쓴
나의 시
비워 둔
행간 속을

금 긋고
가는 별똥별
이 가을의
저 은입사銀入絲*!

*청동이나 주석 등에 새겨 넣은 은줄. 국보 92호로 '청동은입사포류수금문정병靑銅銀入絲蒲柳水禽文淨瓶'이 있다.

겨울 당초문

북극성을 비껴가는 외기러기 울음소리

보랏빛 별을 보던 그 소년도 떠나가고

우물 속 가을 잎새가 일생을 보내는 밤

먹물 삭은 궁서체를 운문으로 읽다 보면

누군가 먼저 짚은 아득한 감탄사여

미닫이 밝힌 절구絶句가 댓잎보다 푸르다

운문사 가는 길

기러기 한 쌍만이 어젯밤에 날아갔을
숱 짙은 대숲 아래 지체 높은 어느 문중
남겨 둔 월화감 몇 개 등불 마냥 밝구나

장삼 입은 먹 바위 햇빛도 야윈 곳에
무심코 흘림체로 떨어지는 잎새 하나
가만히 바라다보면 참 아득한 이치여

사랑도 그리움도 어쩌지 못할 때
청도 운문 골짜기 굽이굽이 돌아 나온
득음은 저런 것인가, 옷을 벗는 물소리

가을에

1

마른 잎에
얹히는
그리움의
무게처럼

까마득
지난 생각
눈물보다
맑아서

마음속
숨겨둔 갈피
등을 거는
먼 사람

2

연잎만 한
세상에서
가을이란
남은 여백

사소한
소리에도
햇빛들은
바스라져

갈대꽃
마른 가슴만
저리 희게
우느니

지도엔 없는 나라
—부석사 무량수전

나무로 깎아 만든 고려사가 저렇던가
6백 년 그 세월을 가부좌로 앉았다
대장경 어느 구절에 글자로써 세운 집

배흘림기둥으로 층층이 불을 밝혀
화엄인가 극락인가 말씀의 구중궁궐
오늘도 청동빛 물살 헤엄치는 풍경소리

지도엔 없는 나라 여기에 있었구나
만지면 부서질 듯 햇빛도 고려 햇빛
돌에도 피가 도는가, 부석사 무량수전

혼자 온 가을

줄기 삭은 갈대밭 기러기 갈색 울음

몰래 익은 산초 열매 가지 끝이 휘어지고

낙엽 진 산허리 돌며 등고선이 풀어진다

둥지 비운 동고비 아직 오기 이른 시간

긴 목 들고 서 있는 구절초 야윈 대궁

저만큼 중년의 구름 만연체로 떠 있구나

가만히 불러 보면 물빛으로 다가서는

첫사랑, 그 이름이 더욱 맑게 보이고

올해도 가을은 혼자 뒷모습만 두고 갔다

가을 손님

여름이 떠나가는 마른 풀잎 사이로
밤새 벌레 울음이 가등처럼 하얗고
쓰다만 그대 안부가 반쯤 젖어 있구나

놓아둔 어둠 저쪽 길 밖에 길이 있어
기억의 지번地番으로 목선 저어 오는 이
내 갈밭 그 몇 평 근심 서걱이며 오는 이

오동꽃

언제였나 간이역 앞 삐걱대는 목조 2층

찻잔에 잠긴 침묵 들었다 다시 놓고

조용히 바라본 창밖 속절없이 흔들리던

멀리서 바라보면 는개 속 등불 같은

청음도 탁음도 아닌 수더분한 목소리로

해질녘 삭은 바람결 불러 앉힌 보랏빛

누구 삶이 저리 모가 나지 않던가

자름한 고, 어깨를 툭 치면 울먹일 듯

오디새 울다 간 가지 등 돌리고 피는 꽃

가을 이순耳順

접미사가 아름다운 누구의 운문이냐

맑게 고인 어둠 저편 난초 휘인 창문 하나

잔 가득 고요를 부어 절반쯤 마셔본다

귀얄무늬 잠길 듯 남겨 둔 향기처럼

내 생각 마른 대궁 가만히 와 흔드는 이

이 밤도 지는 잎 소리 적막보다 크구나

홍시를 두고

I

첫서리 내린 마당 누구의 발짝처럼
어디서 날아왔나 등 붉은 감잎 한 장
고향집 노을이 되어 사뿐히 누워 있네

II

지우고 고쳐 쓰다 확 불 지른 종장終章같이
와와와 소리치면 금방 뚝 떨어질 듯
우주 속 소행성 하나 발그라니 물이 든다

III

굽 높은 그릇 위에 향기 높은 전신 공양
가만히 귀 기울면 실핏줄 삭는 소리
말갛게 고인 저 투명 문득 훔쳐 갖고 싶다

계룡산 귀얄무늬분청사기

석류꽃 부신 뒤란 담 너머로 건네주던

후, 불면 날아갈 듯 그 사랑 눈빛 같은

백토로 새긴 물고기 헤엄치는 접시 바다

당초무늬 휘어진 그윽한 그늘 아래

도공의 막내딸이 와락 달려 안길 듯

나긋한 허리둘레로 저리 가쁜 숨소리

맨발로 눈썹달이 아장아장 걸어 나와

여울에 발 담그고 피라미와 놀다 가는

귀얄로 스쳐 간 자리 물빛 찰랑 넘친다

모과

봉은사 칠십일과 판전* 글씨 닮은 가지
하늘빛도 무거워 휘영청 굽은 곳에
밀봉한 가을을 열자 기우뚱한 무게여

벌레 먹은 잎사귀 이마 반쯤 가린 채
종갓집 뒤란 밝힌 그 향기 묻어날 듯
낙과를 주워든 손이 조용히 떨려 온다

툭, 하고 건드리면 움찔 놀랄 모습으로
손때 묻은 반닫이 누구의 유산인 양
오늘도 남향 창가에 가부좌로 앉는 너,

*추사가 죽기 3일 전에 '칠십일과七十一果'라는 쓴 현
 판 글씨. 서울 봉은사에 있음.

아버지 시학詩學

언제나 경상 위엔 포롬한 붕어연적
아버지 두고 가신 지상에서 80년이
오늘은 눈보라 속에 세한도를 그립니다

굽힘 없는 해서체 필사본 논어 한 질
봄날에 쓴 글자에는 되감기는 아지랑이
가을에 쓴 글자에는 구절 빛 시간이

매화꽃 지는 밤엔 누가 와서 듣고 가나
장지문 환히 밝힌 촛불 같은 마음으로
고요도 먹물이 묻는 학이편學而篇* 읽는 소리

아버지……! 부르면 오오냐 대답할 듯
마지막 가시던 날 진솔옷 그 한 벌이
무덤가 초롱꽃 되어 손자 절을 받습니다

*논어 학이편

오래된 가을

수척한 햇빛들도 때로는 눈부셨다

조용히 몸 가리고 들꽃 피운 작은 언덕

다가가 만지고 싶던 손목 하얀 그 가을

돌아보면 아직도 물빛 같은 그리움이

첫사랑도 슬픔들도 내 생애 은빛 굴레

먼 안부 보낼 곳 없어 가득하던 그 허공

11월

목월木月이 걸었다는
마포 당인리 길

조용히 어깨에 얹히는
나뭇잎 한 장,

누구의
보랏빛인가
허리가
가느다란

윤동주

자벌레가
기어가면
한 오 분쯤
걸릴까

별과 별
사이에도
등이 파란
길이 있다

조그만
소년 하나가
말끄러미
쳐다보는,

별을 보며

어느 날 먼 빛깔로 가만히 다가와서

조금만 스쳐도 쨍그렁! 소리 날 듯

저리도 오랜 설레임, 연둣빛 가슴이여

그리움도 하늘 닿으면 나도 하나 별이 될까

오늘처럼 흰 이마가 젖도록 푸른 밤은

누군가 함께 가야 할 그런 길이 보인다

쓸쓸한 화답

중년의 나이 앞에 툭! 하고 떨어지는

신갈나무 열매 한 개 가만히 주워본다

화두란 바로 이런 것 쓸쓸한 화답 같은,

마른 꽃 흔들다가 혼자 가는 바람처럼

등 뒤로 들리는 가랑잎 밟는 소리

가벼운 이승의 한때, 문득 느낀 허기여

가을 은유

I

달빛이나 담아 둘까 새로 바른 한지창에
누구의 그림에서 빠져나온 행렬인가
기러기 머언 그림자 무단으로 날아들고

II

따라 놓은 찻잔 위에 손님같이 담긴 구름
펴든 책장 사이로 마른 열매 떨어지는
조용한 세상의 한때, 이 가을의 은유여

III

개미취 피고 지는 절로 굽은 길을 가다
밑동 굵은 나무 아래 멈추어 기대서면
지는 잎, 쌓이는 소리 작은 귀가 간지럽다

하늘빛 생각 · I

물그릇 테두리가
유난히도 또렷한

문득 내게 찾아온
눈물 같은 가을 아침

서그럭
잎 지는 소리
어제처럼 들립니다

하늘빛 생각 · II

가벼운 마른 꽃씨
떼 지어 날아간 곳

맞들다 기울면
파랗게 쏟아질 듯

넘치는
하늘빛 생각
그리움을 보탭니다

성묘

봉분이 열리고 조용히 나오셔서

"아이고 애야 날이 추워졌다 챙겨 입거라"

따스한 새 옷 한 벌을 내어주실 것 같아,

옷 벗고 마중 나온

옷 벗고 마중 나온 산그늘이 좋아서

선운사 툇마루 녹찻빛 한나절은

난보다 푸른 고요가 가부좌로 앉는다

저 봄밤!

지는 꽃 그림자를
멀리 개가 짖는다

청명을 지나와서
물소리도 가벼운

북두 끝
누가 놓고 간
눈이 파란
저 봄밤!

평론

四人 四色의 문학적 성과와 시조의 미래
이정환(전 한국시조시인협회 이사장)

1.

윤금초, 박시교, 이우걸, 유재영.

네 분 시인이 그동안 이룬 눈부신 적공을 또렷이 기억한다. 참으로 경이로운 일이다. 한평생 시조의 길을 걸었다. 아무나 할 수 있는 일이 아니다. 각자 적지 않은 시조집을 펴냈고, 합동시조집 『네 사람의 얼굴』과 『네 사람의 노래』를 엮었다. 그러므로 이번에 펴내는 자선 30편 총 120편으로 엮은 『사인행』은 귀한 텍스트다. 또 한 번 시조 문단에 파장을 일으킬 것이다. 『사인행』은 후학에게는 도전의식과 창작에 대한 냉철한 자성을 일깨우는 귀중한 텍스트가 되리라 믿는다.

2.

윤금초 시인은 1943년 전남 해남 출생이다. 1968

년 ≪동아일보≫ 신춘문에 당선으로 등단했다.

그의 시조 세계는 다양한 면모를 지니고 있다. 선사시대의 모습, 고구려 유적에서 살핀 웅혼한 기상, 곤고한 민초들의 삶과 그 한 맺힌 죽음에 대한 위로, 엘니뇨 현상을 통한 현실비판, 회화와 조각 작품의 시적 재구성 등을 통해 시인은 자신의 관심을 확장하고 있다.[1]

또한 김동식은 공간 위에 일궈 놓은 다양한 시간 개념이 시인의 작품 세계에 고스란히 형상화되어 있다고 말하고 있다. 이어서 형식적·양식적 차원에서 시조 양식을 제한이나 구속이 아니라 변화와 실험을 가능하게 하는 공간으로 인식하고 있는 점에 주목한다. 무엇보다 사설시조의 호방하면서도 격렬한 리듬을 성공적으로 자신의 시적 주제와 결합시키고 있는 점을 눈여겨보고 있다. 작품 세계에 대한 이러한 몇 가지 견해는 주목된다. 윤금초 시인을 잘 꿰뚫어 보고 있기 때문이다. 그러므로 그의 시조 세계는 소

---

1 김동식, "풀이의 의미론, 생성의 현상학", (2001, 윤금초, 땅끝).

소한 지류가 아니라 도도하게 흐르는 장강의 면모로서 그 빛을 발하고 있다. 아무나 쉬이 다가가지 못할 드넓고 높고 환한 경지다. 김동식은 덧붙여서 윤금초 시조가 보여주는 주제와 형식에서의 다양성과 개방성은 시조가 현대시의 한 모델로 살아 있는 문학 양식이 되어야 한다는 현대시조의 요청에 부응하고자 하는 노력의 소산으로 보고 있다. 그 일은 그의 문학 인생에서 줄기차고도 열정적인 다양성으로 부단히 지속되어 왔고, 작품으로 구현되어 널리 읽혀 왔다. 이 점이 그가 시조 문단에 끼친 공헌이다. 주옥편을 통해 한 전범을 펼쳐 보였고 그것은 단시조와 연시조, 사설시조에 이르기까지 방대하다. 그 형식 안에 다채로운 주제를 반영하는 일에 전력을 다해왔다. 생명의 신비와 접맥된 에로스 담론 전개, 기후 환경 문제, 맛깔스러운 전라도 방언의 감칠 맛 나는 운용, 내면세계와 존재론적 성찰, 미술세계와의 내밀한 접맥과 교감, 그만의 시어 사전에 등재된 활기찬 언어들의 약동 등을 통해 시조 세계를 넓히고 깊이 파고들었다. 이번 『사인행』에는 단시조나 연시조보다 사설시조의 비중이 크다. 그 점을 주목할 필요가 있다. 즉 단시조나 연시조에도 힘썼지만, 사설시조 창작에

보다 심혈을 기울인 것이다. 이것은 시인 자신 속에서 들끓어 오르는 다양하고 다채로운 서사를 유장하고 질펀하게 풀어내는 방식으로서 가장 적절했기 때문이다.

> 가 이를까, 이를까 몰라
> 살도 뼈도 다 삭은 후엔
>
> 우리 손깍지 끼었던 그 바닷가
> 물안개 저리 피어오르는데,
>
> 어느 날
> 절명시 쓰듯
> 천일염이 될까 몰라
> 　　　　　　　　－「천일염」 전문

「천일염」을 읽는다. 천일염은 염전에서 바닷물을 끌어들여 햇볕과 바람으로 수분을 증발시켜 만든 소금이다. 천일제염에서 시상을 떠올려 "살, 뼈, 손깍지, 그 바닷가, 물안개, 절명시, 천일염"이라는 시어를 차례로 동원하여 구현한 극명한 사랑 시편이다. 이 사랑은 이성에 대한 것이면서 일평생 몸과 마음을 던져 이르고자 했던 시에의 헌사로 읽힌다. 그러므로 초장에서 "가 이를까, 이를까 몰라"라고 노래하고 있는 것이다. 넉넉히 가 이르기도 했겠지만, 아직도 더 닿고 싶은, 더 이르고 싶은 뜨거운 열망을 굳이 숨기지 않는다. 그것은 살도 뼈도 다 삭은 후일지라도 상관이 없다. 끝 모를 끝 간 데까지, 그 이상향까지 꿈꾸는 일이다. "우리 손깍지 끼었던 그 바닷가/물안개 저리 피어오르는데"라고 이어지는 중장은 호흡이 다소 길지만, 감칠맛나게 읽힌다. 즉 입에 당기는 맛, 사람의 마음을 끌어당기는 힘이 있기 때문이다. 화자는 종장에서 절절한 이야기를 들려준다. "어느 날/절명시 쓰듯/천일염이 될까 몰라"라고. 절명시는 목숨이 끊어져 가면서 쓰는 시다. 죽음을 무릅쓰고서라도 천일염이 되고자 하는 처절한 열망이다. 소금은 짠맛이 나는 백색의 결정체로서 대표적인 조미료다. 양념·식품의 저장 등에 요긴하게 쓰인다. 음식을 부패하지 않게 한다.

그렇기에 「천일염」을 통해 시인은 불후의 명편 즉 영원불멸의 시를 희구하고 있다. 그 점이 「천일염」과 같은 절창을 쓰게 한 힘이 되었을 것이다.

3.

박시교 시인은 1945년 경북 봉화 출생이다. 1970년 ≪매일신문≫ 신춘문예 당선으로 등단했다.

그는 시어 면에서나 형식 면에서나 작위성을 배격하면서 시적 아름다움과 깊이를 동시에 추구하고 있다. 그의 시는 아프고 암담하고 막막한 일상 위에서 존재 확인과 초월을 노래하는 특징을 보여준다. 이러한 보편적인 주제를 다루면서도 관습의 틀에 묶여 있지 않고, 우리 삶의 보편적인 문제뿐만 아니라 새로운 감각으로 기존의 정서를 확장시켜 나간다.[2]

손진은은 박시교 시인이 보여준 보편적 정서의 개인적 굴절 과정 혹은 체험의 보편화 과정이 소재적 차원의 전통 계승이라기보다 역사와 동시대를 아우르는 전통의 창조적 계승이라는 점에서 높이 평가하고 있다. 그리고 존재의 근원적인 허무에 대한 성찰로 시적 관심을 요약하면서 허무의 적극적인 수용 방

---

2 손진은, "삶의 근원 동력으로서의 허무", (2001, 박시교, 낙화).

식이라고 단정한다. 또한 삶의 본질에 대한 통찰이 전제되어 있다는 점을 환기하고 있다.

초기작인 「겨울 강」은 사람의 근원적인 문제에 시각을 집중하여 사뭇 도전적이고 활달한 시상 전개로 존재론적 성찰의 세계를 긴박감 있게 형상화하고 있다. 이러한 도저한 정신세계는 하나의 중요한 동력이 되어 이후의 작품 속에 면면히 이어진다. 실로 「겨울 강」은 헌걸차고 웅혼한 흐름과 돌올한 정신 세계의 한 표상이다. 어떠한 환난이나 역경도 일거에 거뜬히 물리치게 하는 역동적인 힘 즉 집약적인 주제 구현의 양상을 보인다. 선 굵은 흐름으로 진술하고 담백하면서도 에너지가 넘친다. 그리고 손진은은 "허무를 사는 사람들"에 대한 논의를 하면서 그 허무를 수동적인 세계 인식으로서가 아니라 세계와 맞서 치열한 내면 싸움을 해나가는 과정을 통해 느끼는 능동적인 삶의 태도로서 간직하고 있다고 본다. 또한 박시교 시조에 나타나는 "자연"과 "너"가 하나로 만나는 지점을 살피면서 이 둘이 모두 화자인 "나"의 존재 전환의 계기를 마련해주는 대상들이라고 말하고 있다.

봄에 하는 이별은 보다 현란할 일이다

그대 뒷모습 닮은 지는 꽃잎의 실루엣

사랑은 순간일지라도 그 상처는 깊다

가슴에 피어나는 그리움의 아지랑이

또 얼마의 세월 흘러야 까마득 지워질 것인가

눈물에 번져 보이는 수묵빛 네 그림자

가거라, 그래 가거라 너 떠나보내는 마음

어디 봄산인들 다 알고 푸르겠느냐

저렇듯 울어쌌는 뻐꾸긴들 다 알고 울겠느냐

봄에 하는 이별은 보다 현란할 일이다

하르르 하르르 무너져내리는 꽃잎처럼

그 무게 견딜 수 없는 고통 참 아름다워라
　　　　　　　　　　　　－「이별 노래」 전문

「이별 노래」 역시 절창이다. "봄에 하는 이별은 보

다 현란할 일"이라는 첫 줄이 이미 모든 것을 말하고 있다. "현란"은 정신을 차리기 어려울 정도로 어수선하거나 눈이 부시도록 찬란한 것을 두고 하는 말인데 이별일진대 어찌 그럴 수가 있을까 싶지만 현실은 그렇다는 것이다. "그대 뒷모습 닮은 지는 꽃잎의 실루엣"으로 말미암아 "사랑은 순간일지라도 그 상처는 깊"기에 "그리움의 아지랑이"가 가슴에 피어난다. 그래서 "또 얼마의 세월 흘러야 까마득 지워질 것인가"라고 묻는다. 그런 중에도 "눈물에 번져 보이는 수묵빛 네 그림자"로 마음은 더욱 심란하여진다. 하여 "가거라, 그래 가거라"라고 보내는 일에 망설임이 없다. 물론 속은 전혀 그렇지가 않을 것이다. 다음으로 두 장이 눈길을 사로잡는다. "어디 봄산인들 다 알고 푸르겠느냐//저렇듯 울어쌌는 뻐꾸긴들 다 알고 울겠느냐"이다. 자연에 투영된 슬픔의 정조가 절묘하게 표현되어 가슴을 내리친다. 이러한 예사롭지 않은 미학적 성취로 인하여 「이별 노래」는 끝나지 않을 사랑 노래로 온 세상을 떠돌면서 많은 이들의 심금을 울리게 될 것이다. 끝으로 "하르르 하르르 무너져내리는 꽃잎처럼//그 무게 견딜 수 없는 고통"이 참 아름답다는 결구를 되짚어 본다. 고통의 미학적 승화를

꾀한 화자의 속마음이 헤아려진다.

　이렇듯 눈물겹도록 슬픈 「이별 노래」를 통해 시인은 만인의 심금을 울린다. 서정시의 한 극치다.

　4.

　이우걸 시인은 1946년 경남 창녕 출생이다. 1973년 ≪현대시학≫ 추천 완료로 등단했다.

　이우걸의 시조가 보여주는 특성은 그 대상이 전통시조가 노래한 대상이 아니라는 것, 이 대상을 현대적 감각, 현대적 상상에 의해 노래한다는 점이다. 전통시조가 주로 대상으로 삼은 경우는 이른바 자연이다. 물론 이우걸의 시조에도 자연이 노래된다. 그러나 그는 자연보다는 문명을 대상으로 하고, 자연을 대상으로 할 때도 전통적인 인습적인 상상력을 벗어난다.[3]

---

3 이승훈, "시조와 현대적 상상력", (2000, 이우걸, 그대 보내려고 강가에 나온 날은).

이우걸 시인에 대한 이승훈의 이런 논의는 시조를 쓰는 이라면 누구나 깊이 인식하고 창작의 지표로 삼아야 할 것이다. 자연보다 문명, 자연이되 전통적인 상상력을 벗어난 창작 지향에 대한 시사점을 던지고 있기 때문이다. 또한 자연을 비극적으로 인식하고 이런 비극적 인식은 자연을 대상으로 하는 많은 시조에서 자연을 문명과 결합시키는 양상으로 발전하고 있다고 본다, 날카로운 시각이다. 시인은 자연을 노래하되 그 자연은 도시, 문명, 현실을 반영하고 현실과 결합하고 현실의 아픔으로 물든다고 평가하고 있다.

대학 재학 시절 김춘수의 영향을 입은 바 있는 이우걸 시인의 미학적 성과 중 하나로 새로운 이미지의 발화와 다채로운 직조를 들 수 있다. 이것은 시대를 앞서가는 정신세계로부터 비롯된 것이다. 그렇기에 현대인들의 의식과 생활, 관계에 대한 복잡 미묘한 정서를 읽을 수 있다. 그리고 앞선 자각과 시도로 문명 비판과 노동자가 처한 구체적이고 절박한 삶을 형상화한 세계는 동시대 시인들 보다 앞서 궁구하고 천착하면서 작품으로 보여주었다는 점에서 높이 평가해야 할 것이다.

특히 「팽이」를 두고 이승훈은 이 「팽이」는 고통을

건너가는, 그러니까 초월, 수직적 넘기가 아니라 수평적 건너기를 통해 그가 기다리는 아름다운 세계를 노래하고 있다고 말한다. 수직적 초월은 초월주의, 정신주의, 신비주의와 통하나 수평적 건너기는 그런 주의를 부정한다. 이런 부정이 마음에 든다고 하면서 팽이의 극한에는 접시꽃이 피어나는 점에 주목하고 있다. 그리고 중요한 것은 그의 시조가 보여주는 상상력의 변증법 혹은 변증법적 상상이고, 이런 상상력이 보여주는 현대성이라면서 자연에서 현실을 읽고, 현실에서 고통을 읽고, 마침내 고통에서 그의 이상, 이상으로서 자연을 읽는다고 밝히고 있다. 명쾌한 논리 전개다.

피면 지리라

지면 잊으리라

눈 감고 길어 올리는 그대 만장 그리움의 강

져서도 잊혀지지 않는

내 영혼의

자줏빛 상처
－「모란」 전문

　잘 직조된 단시조는 오랜 여운을 가진다. 소우주
의 창출이라고 할 수 있겠다. 예시한 「모란」과 더불
어 「팽이」, 「어머니」와 같은 단시조들이다. 그동안
많은 시인이 모란을 노래한 바 있다. 그러나 김영랑
의 「모란이 피기까지는」 이후로는 단연 「모란」이다.
모란은 미나리아재빗과의 낙엽 활엽 관목인데 목단
이라고도 한다. 큼직하게 피는 자주색 꽃은 신비스럽
다. "피면 지리라/지면 잊으리라"라는 초장부터 압도
하고 있다. 피면 지는 것은 순리다. 이 세상 그 어떤
꽃도 이 진리를 거역하지 못한다. 그런데 미묘한 것
은 "지면 잊으리라"라는 후구다. 지면 지는 것일 텐
데 "잊으리라"라는 말을 놓아서 가슴팍을 쿵 하고 내
리친다. 그렇지 그게 맞지 하고 이내 수긍을 하게 된
다. 중장은 "눈 감고 길어 올리는 그대 만장 그리움의
강"이다. 만장은 죽은 사람을 슬퍼하여 지은 글로 장
사 때 비단이나 종이에 적어서 기를 만들어 상여 뒤
를 따른다. 만사輓詞, 만시輓詩다. 그러므로 중장은
이채로운 이미지로 말미암아 이 시조의 깊이를 더한

다. 화자에게 모란은 "져서도 잊혀지지 않는//내 영
혼의//자줏빛 상처"다. 그러니까 지고 나면 곧 잊어
버리는 하잘것없는 존재가 아닌 것이다. 그 점이 종
장에서 극명하게 드러나고 있다. 꽃은 언젠가 지고
말지만 이미 화자에게 자줏빛 상처가 된 것은 부인하
지 못한다. 결구에서 "자줏빛 상처"라는 구절이 안겨
주는 울림은 특별하다. 사물이나 정황에 부여한 의미
중에 이만큼 큰 반향을 일으키는 이미지도 드물 것이
다.

이우걸 시인은 자연을 문명과 결합시키는 작업을
통해 시대 상황의 육화와 변용에 힘을 기울이는 한편
서정시의 본질을 추구하는 일에도 남다른 성취를 보
였다. 이러한 점이 그의 특징이다.

5.

유재영 시인은 1948년 충남 천안 출생이다. 1970년
≪풀과 별≫과 1975년 ≪현대시학≫에 시조를 발표
하며 등단했다.

"감성의 섬세, 신경의 예리, 관조의 총혜를 갖춘 천상의 시인이다"라고 한 것은 가람의 시조집에 대한 정지용의 발문 일부분이다. 그 끝부분인 "관조의 총혜의 소산"은 바로 유재영에게 적용되어야 마땅할 터다. 그러므로 그는 시조를 읽는 즐거움을 주는 시인이다.[4]

신경림의 말처럼 유재영 시인은 서정시의 본질 구현에 힘써온 시인이다. 정갈하고 투명하며 쟁쟁 울리는 시편들이 그의 작품 세계의 주조를 이룬다. 시대 상황을 육화하는 일에도 적극적이었다. 이처럼 시조 세계가 폭넓다. 그러면서 신경림은 흔히 시조시인들은 현실을 외면하고 있다든가 시조가 시대착오적으로 음풍농월에 시종하는 바람에 독자로부터 외면당하고 있다는 통념은 그에 관한 한 맞지 않다고 본다. 「광장의 사나이」, 「누이여, 아우여」, 「배면」, 「물총새에 관한 기억」 등을 두고 하는 말이다. 즉 무너지고 있는 어둠의 세력에 대한 증오와 새로운 세상에

---

4 신경림, "유재영의 시조를 읽는 즐거움", 이지엽, "물빛 그리움, 혹은 햇빛 따사로움의 길", (2001, 유재영, 햇빛 시간).

192

대한 희망을 형상화하는 점이 특히 눈길을 끈다.

그리고 신경림은 대부분 그의 시는 아름답고, 아름다움은 스스로 힘을 지니고 있다고 보고 있다. 그러면서 유재영 시인을 통해 시조를 읽는 즐거움을 새삼스럽게 맛보았다고 재삼 강조한다. 그와 함께 이 즐거움을 독자에게 전달하고 싶다는 희망을 드러낸다.

이지엽은 목적시가 흔히 갖게 되는 생경함까지도 섬세한 서정성으로 잘 갈무리하고 있다고 본다. 즉 가장 중심되는 문제를 다루고 있으면서도 격조 높은 서정성을 유지하고 있는 점에 주목한다. 이렇듯 탄탄한 서정의 힘과 미세한 떨림을 통해 시조가 추상적이고 관념적이라는 한계를 극복하고, 꿈틀거리는 굵은 선과 굽이치는 맥박으로 새로운 경지를 개척하게 될 것으로 예견하고 있다.

중년의 나이 앞에 툭! 하고 떨어지는

신갈나무 열매 한 개 가만히 주워본다

화두란 바로 이런 것 쓸쓸한 화답 같은,

마른 꽃 흔들다가 혼자 가는 바람처럼

등 뒤로 들리는 가랑잎 밟는 소리

가벼운 이승의 한때 문득 느낀 허기여
                        —「쓸쓸한 화답」 전문

　「쓸쓸한 화답」은 마흔 살 안팎의 나이인 중년이
겪고 있는 계절 정서를 담담하고 정갈하게 그리고 있
다. 피 끓는 젊음을 다 보내고 이제 웬만큼 내공이 쌓
인 불혹의 나이 앞에 "툭! 하고 떨어지는//신갈나무
열매 한 개"를 주워서 살피다가 불현듯 "화두란 바
로 이런 것 쓸쓸한 화답 같은"이라는 깨달음에 이른
다. 흔히 시나 노래에 대해 맞받아 답하는 화답이라
면 즐겁고 행복한 것이어야 마땅할진대 여기서는 그
렇지가 않다. 화두는 이야기의 말머리 혹은 참선하
는 이에게 도를 깨치게 하기 위해 내는 과제인데 무
려 1700종류가 있다고 한다. 화자는 신갈나무 열매
를 줍는 "쓸쓸한 화답"에서 삶의 화두를 발견한 것이
다. 그래서 "마른 꽃 흔들다가 혼자 가는 바람처럼//
등 뒤로 들리는 가랑잎 밟는 소리"를 통해 "가벼운 이
승의 한때"에 허기를 느낀다. 이때 이 허기는 속이 비
어 허전한 기운이며, 굶어서 몹시 배고픈 것이기도

하다.

이렇듯 「쓸쓸한 화답」은 결코 쓸쓸하지만 않는 삶의 설렘과 허전함이 간결한 두 수로 잔잔하게 직조하고 있다. 읽으면 읽을수록 시의 맛이 깊게 스미어들어 영혼이 맑아지는 느낌을 받는다. 시란 바로 이런 것이구나, 하고 깨닫게 하는 시편이다.

조남현은 유재영 시인을 두고 "스타일리스트"라고 말하고 있다. 멋을 중시하는 사람 또는 치장을 잘하는 사람이라는 뜻이니 시인에게 큰 상찬이다. 그는 "표현이 생명"이라는 시론을 견지하고 있기에 작품마다 예사롭지 않은 표현력을 늘 보여준다. 언어 감각과 남다른 감수성이 이러한 경지에 이르는 동력이 되었을 것이다.

6.

이상으로 네 분의 시조 세계를 살폈다. 이분들의 미학적 성과는 이미 적지 않은연구자들에 의해 격에 걸맞은 평가를 받았다. 그러므로 후학들은 온고지신의 자세로 눈부신 적공에 대해 깊이 있는 조망의 시간을 가져볼 만하다. 옛것을 익히고 미루어 새것을 아는 기초를 다진 이후 또 다른 나의 새것 즉 "또 다른 목소리의 발현"을 위해 힘써야 할 터이므로.

네 분의 귀한 문학적 성과 중 하나로 시조의 미래를 튼실하고 창창하게 만들었다는 점을 들 수 있을 것이다. 그동안 시조문단의 열정적인 구심점 역할을 하면서 후진을 음으로, 양으로 양성해 왔다. 또한 시조 단체를 체계적이고 역동적으로 이끈 일도 작품의 성과와 더불어 높이 평가할 일이다. 시조에 갓 입문한 이들이 네 분의 시조 세계와 문학적 여정을 눈여겨 좇으면서, 자신의 창작 방향의 시금석으로 삼았으면 하는 바람 간절하다.

지난 10월 10일 이후로 우리나라는 노벨문학상 수상자를 보유한 국가가 되었다. 노벨문학상이 문학작품 가치 척도의 절대적인 잣대는 아니지만, 한강 작가를 통해 한국문학이 세계적으로 상승할 발판이 마련되었으므로 한국문학의 정수인 시조가 크게 기지개를 켜고 세계 속으로 뻗어 나가야 할 기반을 다져야 할 때다. 그런 노력이 이곳저곳에서 요원의 불길처럼 솟아올랐으면 한다.

그러기 위해서는 우리 시조가 더욱 치열하고 보다

냉철하게 시대적 요청에 능동적으로 대응하는 창작 활동을 감당해야 할 것이다.

향도처럼 네 분 시인의 시조 세계가 그 길을 잘 보여주고 있다고 확신한다.

四人行

초판 1쇄인쇄 2024년 12월 8일
초판 1쇄발행 2024년 12월 10일

저 자 윤금초 박시교 이우걸 유재영
발행인 박지연
발행처 도서출판 도화
등 록 2013년 11월 19일 제2013－000124호
주 소 서울시 송파구 중대로34길 9－3
전 화 02) 3012－1030
팩 스 02) 3012－1031
전자우편 dohwa1030@daum.net
인 쇄 유진보라

ISBN ㅣ 979－11－92828－71－8 *03810
정가 10,000원